갑을 시티

최승철
시집

문예
중앙
시선
014

갑을 시티

최승철
시집

문예
중앙

시인의 말

벚꽃 핀 봄날
오토바이 사고가 났다.
단 몇 초의 순간이
모든 정신을 깨웠다.

몸이 공중에 떴을 때
벚꽃에 가까이 다가갔을 때
기억은
모두 파편으로 피어올랐다.
그 불협화음의 이미지를 기록하기까지
10여 년의 시간이 걸렸다.

나는 엄마가 있었는데도
'엄마 찾아 삼만리'의 주인공처럼
엄마를 찾아 떠났다.

차례

일러두기

한 연이 첫 번째 행에서 시작될 때는 >로 표시합니다.

코끼리의 코

분신사바, 밤이면, 아이들이 원탁에 모여 앉는다

서로의 손을 마주 잡고 주문을 외우면, 공장의 굴뚝이 먹구름을 피워 올리듯, 분신사바, 속으로 눈을 감고 들어간다

강을 건너는 사람들의 눈, 코, 입이 보이지 않는다, 분신사바

창문과 시계가 없는 숲의 윤곽을 지나, 분신사바

분신사바의 풍경이 보여주는, 관념을 벗이나, 눈을 뜨고 싶은데, 두려워, 계속 주문을 외우는데

거대한, 이 짐승의 몸집조차, 가늠하기 힘들어, 분신사바, 눈 감은 상태로 아이들은 앉아 있는데

눈을 뜨면, 강을 건널 수 있다는 이야기인데, 분신사바

코끼리의 무덤으로 가는 길

채광이 빛나는 식욕이다 / 서정 속의 나를 꺼내 햇빛에 말린다 / 전기 포트에서 물이 끓는다 / 늑대의 감각은 보다 빠르다 / 매번 절벽이다 / 피 묻힐 이빨보다 먼저 발톱 하나가 솟구쳤다 / 당신을 만나기 전부터 사랑했었다, 라는 말은 없다 / 포도주 잔을 잡으려던 내 손목을 친 것은 녀석의 앞발 / 그믐에 죽은 영혼은 어둠 속의 세계를 떠돈다고 한다 / 한 놈이 포도주 잔의 명치를 물자 떼를 지어 달려든다 / 몽고인들은 죽어가는 아이를 늑대 가죽에 돌돌 말아두면 신성한 혼이 아이를 살려준다고 믿었다 / 포도주 잔 안에는 말랑말랑한 관념이 담겨 있었다 / 잉크 냄새가 몰려왔다

달을 밀어본다 / 아직도 밤이다 / 아무도 내게 안부를 묻지 않는 동안 / 비명은 가장 솔직한 단어다 / 맥박의 두근거림이 규칙적으로 뛰었다 / 수화기에서 들려오던 목소리는 기계음에 가까웠다 / 생각하면 생각할수록 녹는 눈처럼 흙에서 달을 뭉쳤다 / 내 눈에서는 바퀴가 굴러가고 있었다 / 목을 찍어낼 것이라는 생각에 손을 들

어 내 목덜미를 만져본다 / 죽음을 노래하는 시인을 경
계하라 / 모든 길은 로마로 통한다 그러므로 로마는 존
재하지 않는 시원(始原)이다

　아이가 흰 곰인형을 들고 간다 / 땅거미 지는 골목이
부풀어 오른다 / 죽음은 확실하나 인생은 모호하다^{••} /
세탁기는 비관 자살한 노교수의 부동자세를 닮았다 /
힘겨운 숨소리가 들려온다 / 생선 가시는 자신의 심장
을 향해 휘어져 있다 / 귀를 대고 있어야 간신히 몸 안
의 소리가 들린다 / 돌아보면 거기쯤 상처로 핀 붉은 꽃
한 송이 맺혀 있었다 / 재빠르게 발톱의 형상이 스쳐갔
다 / 떠난 사람들이 내 기억의 일부를 품고 사라져갔다
/ 후드득, 포도주 잔이 신경을 건드려본다 / 동맥을 잘
랐다거나 수면제를 털어 넣었다거나 하는 말들이 모두
혼(魂)으로 피워 올랐다

• 빗금(/)은 대응, 대립되거나 대응한 것을 함께 보이는 문장이나 절, 단어 사
　이에 쓰인다.
•• 영화 〈트레이닝 데이〉의 대사 중.

붓다를 만나면 붓다를 그리고 붓다

도로 위에 빨간 장갑이 떨어져 있다 사람의 손목처럼 / 내가 존재하지 않는 곳에서 나는 생각한다 / 따라서 나는 생각하지 않는 곳에 존재한다고 라깡이 말했다 / 애인이 방을 나가자 집이 오그라들기 시작한다 / 가을비가 타오르고 있었다

말린 목련차를 마신다 / 지금까지의 통증이 나를 살렸다 / '잘 있어'와 '용서해' 사이에 지구가 있다 / 관념 속으로 딱정벌레 한 마리 날아간다 / 화장지로 꾸욱 눌러 죽인다

본질은 없다 / 천육백 년 전 화엄경의 기록이다 / 내가 믿는 것이 신(神)인 줄 알았는데, 목숨보다 위태로운 것은 없다 / 손가락이 가리킨 곳은 허공이고 관념이 가리킨 곳은 모래 언덕이거나 지평선 부근 / 시선이 닿는 곳마다 절벽이었다 / 질문 이전의 삶은 늘 사유의 밖에 있다

>

　　길 위에서 만난 노란 여자에게 한 송이 꽃을 꺾어주었
다 / 내 오른발이 따라가지 못한 여자였다 / 무리를 지
어 몰려가는 아아오오 바람의 길을 따라 / 슬픔 안에다
슬픔을 붓는 것은, 종이컵이 품고 있는 종이컵 안이 텅
비어 있기 때문이다 / 그 사실을 오늘에서야 내 마음이
안으로 끌고 왔다

　　어느 날 새벽 안테나가 청동기 시대의 돌무덤처럼 신
호를 쌓고 있었다 / 책상 위에 노트가 있고 노트 위에
여백이 있는데, 빗방울이 피어난다 / 오랜 후 슬프고 외
롭다는 말 대신 할 수 있는 말이 없을 때, 참회록을 써
야 할 것이다 / 겨울 숲으로부터 는개기 내려온다 / 상
처라, 결국 현재의 빗방울을 주체히지 못하는 기익

　　물리적으로 말하자면 바람은 물질의 이동 / 때로는 잠
들기도 하고 때로는 바다 같은 기억의 집에 들어갔다가
나오면 집은 없고 빈 들판에 내 발바닥이 축축이 놓여
있었다

강물을 발음하다
―허무를 직시하는 방법 1

비가 나프탈렌 냄새로 내린다 / 옥탑방으로 올라가는
계단 / 휘파람 속을 걸어가는 낙타의 걸음 / 대문 앞에
쌓인 고지서들 / 드문드문 손목까지 먹어치웠는지 / 오
늘에게 소화된 어제가 / 위액이 묻은 채 의자에 앉아
있다

햇살 한 줌으로
텅 빈 당신의 손에 꽃을 피우고
강물 흐르게 한다

지나온 길이 끊겨 있다 / 의자는 벌레가 몸을 구부려
온기 핥는 자세를 말한다 / 애인과 헤어지고 횡단보도
를 건너 / 팥빙수를 먹었다 / 형광등에서 레몬 냄새가
몰려왔다

모든 물줄기들은
방향을 잃지 않으려고
수심 가득 혼신의 힘을

다해 흐른다

매달린 개가 누워 있는 개를 비웃는다 / 옥탑방의 앙
천(仰天) / 중세 건축가들은 지상으로부터 100m인 지
점이 인간과 하늘을 구분 짓는 기준이라 생각했다 / 어
제는 내내 감기 앓는 낙타 울음소리가 / 내 등뼈에서 울
렸다 / 살아 있는 사람은 모두 과거의 사람이었다고

흐르려고 했기 때문에 흐른다
의미는 오래전 거기 있었다
그 모든 우주의 운행,
질문에 대한 답이 명료해졌다

거북이의 암수를 구별하는 법은 몸을 뒤집어 항문을
보는 것이다 / 갈등과 탄식이었으므로 / 안녕히 주무셨
나요? / 냉장고 문을 열면 더 더워진다는 사실을 명심
할 것

사내들은 검은 가방을 건넨다
—허무를 직시하는 방법 2

별똥별이 떨어진 곳에서 갈대꽃이 피어올랐다 / 정신 하나를 세워 쿡 찔러보고 싶은 지구다 / 달리는 버스 안의 임산부를 말한 셈이다 / 그래도 애인인 듯한 여자는 / 계속 입술을 달싹거리고 / 나는 모이를 줄 수 없어 / 무릎에서 사고 어깨에서 팔라, 라는 주식 격언을 떠올렸다

봄 하늘을 충전하는 들녘,
허허벌판을 배경으로 선 전봇대
두꺼비집에 녹이 슨다

태양은 돌돌 말린 배터리 / 강물은 가슴으로 흐른다 / 라디오 전파는 빗방울, 눈의 결정, 벌레 등과 충돌하면 산란하거나 반사되어 안테나로 돌아온다 / 새의 부리가 위벽을 쪼아 먹는지 / 그래도 애인인 듯한 여자는 / 계속 입술을 달싹거리고

까마득하게 먼 하늘 아래에서도

시간은 둥글지 않아
반짝이는 심장을 지닌다

사내들은 검은 가방을 건낸다 / 가만가만 누군가 밀
어(密語)를 훔쳐본다 / 방아쇠에 힘줄이 뭉쳐진다 / 흙
은 모든 혼을 피워 올린다 / 모든 꽃잎들은 종교적이다

접지하지 못한 곳에서도
시간은 흐른다

건장한 사내가 정육점에서 새로 들어온 고기를 나르
고 있다 / 태풍 곤파스가 한반도를 강타힐 때 나는 퍼시
픽이란 영화를 보고 있었다 / 니무의 무게 중심이 어디
에 있는가에 따라 나이테 간의 너비가 달라진다 / 심금
(心琴)을 울린다는 말의 어원이다 / 술을 마시지 않은
밤이 없었다, 라는 문장을 잡아당기자 / 시대가 길게 걸
어 나왔다

나와 나 사이의 적도
―허무를 직시하는 방법 3

한쪽으로 치우친 마음을 편심(偏心)이라 하고 / 그 중심(中心)이 한쪽으로 치우쳐 강물을 흐르게 한다 / 드레싱으로 띄운 뭉게구름들 / 노란 은행나무가 거실에서 자라난다 / 그 아래 쪼그리고 앉은 한 여자가 또 울고 있다 / 호주머니에 허무를 넣고 걸었다

어디선가 대지 밖
'나'라는 USB가 끼워진다

허무를 잡아당길수록 가스레인지 위의 주전자가 들끓는다 / 인간은 수레나 말보다 먼저 배를 만들어 바다를 탐색해나갔다 / 당산나무에 모태 신앙의 돛이 남아 있다 / 치렁치렁 눈이 부신 허공이 다발로 묶여져 있다

항문,
나와 나 사이의 적도

주렁주렁 허공의 위장이 반짝인다 / 한 여자의 입김

에서 허무를 꺼내 / 강의 물결은 은비늘로 반짝인다 /
허무를 잡기 위해 태양을 향해 시위를 당긴 자가 있었
다 / 벌겋게 달궈진 화살촉이 빙글빙글 돈다 / 화살이
허무를 잡아먹으려고 뛰어간다 / 인디언들은 건물에 사
용된 기둥의 나이테를 보고 집의 나이를 알았다 / 열대
지방의 나무들은 나이테가 없다

　붉은 수수밭 속의
　검은 고양이

　허무는 자신의 내장이 다 비워질 때까지 죽지 않기
때문에 / 태평양의 어느 한 부족은 / 허공을 향해 거네
서상을 만들어주었다 한다 / 가을 하늘이 팔팔 끓어 넘
친다

　새싹은
　스프링의 힘으로 돋아난다

보리빵을 만드는 오후
—칸트와 오렌지 1

돌은 단단하고 / 강물은 부드럽다 / 꽃은 나비를 통해 개체를 퍼뜨린다 / 예를 들면 칸트와 오렌지는 빵 굽기에 가장 좋은 시간을 말한다 / 굴삭기는 땅을 판다 / 사막의 이미지를 완성하는 것은 빛이다

버드나무 가지를 꺾어
뜰에 심었다

아프간 반군은 수도를 향해 진격 중 / 청기 들어! 백기 들어! 새벽의 빈 골목에서 들려오던 게임기 소리 / 아직도 그 소리가 들릴 것만 같아 뒤돌아본다 / 빨간 신호등의 깜빡임 / 멈추지 않고 비가 흐른다 / 자동차 범퍼 위에 검은 고양이가 앉아 있다 / 전봇대에 붙어 있는 월세 있음 / 벽보가 내 나이를 가늠케 한다 / 아무도 없는데 빨리 집에 가야 할 것만 같다

뜰 안의 버드나무 가지는
새의 발자국과 함께 꺾여오지 못했는지

시들하다

'행복' 칼럼을 읽고 자신이 생각하는 '행복'에 대해 제출하라는 숙제 / 세상의 모든 빗방울을 모두 만져볼 수 없다 / 경험론의 한계는 감각과 지식이 일치한다고 믿는 데 있다, 라고 칸트가 말했다 / 세상의 모든 양파는 8겹으로 구성되어 있다

뜰 안의 버드나무 가지는
뜰 밖으로 뿌리 내리며
대지 위로 밑동을 밀어 올린다
그 정신의 자세에
허공 한쪽이
자리를 비워내고 있었는지 모른다

밀가루가 발효되는 시간
―칸트와 오렌지 2

까마귀는 버드나무에 깃든다 / 바람에 꽃이 진다 / 화
분에 물을 주었다 / 문자의 의도와 발화의 의도는 다르
다 / 인용 부호가 붙었다 / 문이 저절로 닫혔다 / 안녕,
바람, 올여름 휴가 계획? / 출근한 애인 대신 팬티를 사
러 이마트에 간다

꺾꽂이한 버드나무 가지 아래
지나가는 개미의 발자국을 꺾어
뜰에 심었다

바다로 휴가 간 삼촌이 갈비를 선물로 보내왔다 / 집
안에 경사가 났다 / 햇빛에 구두를 말린다 / 공기가 맑
아서 좋다 / 도박자들의 '중간 판돈 시비'에서 현대 확률
론이 시작되었다 / 핸드폰을 식탁 위에 놓았다 / 커피
한 잔을 마셨다 / 습한 김을 락앤락 통에 넣고 닫았다 /
중력이 척추를 휘게 한다

뜰 안의 개미의 발자국이

버드나무 가지를 타고 오르는지
나뭇가지에 새순이 돋는다
꼼지락거리며 흔들린다

칸트의 동어반복적인 오성(悟性) / 지구가 돈다 / 상
처의 딱지를 개미 떼에게 던져주었다 / 바람이 분다 /
밀가루 반죽에 오렌지 몇 방울 적셔주는 시간을 벤치타
임˙이라 한다 / 살아야겠다, 라고 폴 발레리가 말했다 /
그럼에도 불구하고 아무도 믿지 않았다

개미의 발자국을 기억하는 것이
버드나무 쪽인지 바람 쪽인지 분간할 수 없어
물을 뿌려주었다
중심밖에 없는 물방울들
발자국의 온기가 잎맥에 쌓인다

• 벤치타임: 반죽이 마르지 않도록 비닐이나 젖은 면보로 덮어주고 15분 정도
실온에서 벤치타임을 주는데, 이 단계를 중간발효라고 하기도 한다.

숲 속의 오븐
―칸트와 오렌지 3

잠을 자는 동안 꿈속에서 자꾸 걷기 운동을 해요 / 건강에 해롭겠죠? / 칸트는 빵을 만들기 위해 반드시 보리수나무 그늘 아래 부는 바람이 필요하다고 말했다 / 허공을 나는 새도 둥지가 필요하다 / 한국의 스파이가 리비아에서 붙잡혔다 / 고등어의 비린내를 잡기 위해 소주를 부었다

빗방울,
떨어지는 곳마다 심장 판막이 울렸다
숨결을 따라
나이테가 번져갔다

아버지, 우린 왜 평생 막노동으로 생계를 이어가죠? / 재떨이에 헤드셋을 끼운다 / 내가 불우하다고 영원을 꿈꾸지 않았겠니? / 칸트는 밀가루가 부풀어 오르는 시간을 태양이 발효되는 시간이라 명명했다 / 노을 속의 숲은 그 모든 둥지를 품는다

손을 가슴에 대어보면
내 몸에서 새의 발톱이 느껴지곤 했다
중력을 깨닫는 일 그러했다

나비의 날개를 만지자 / 꽃가루가 묻어 나왔다 / 전문
적으로 말하는 너는 겁쟁이야 / 칸트는 빵을 만들기 위
해 시간과 공간의 주관성은 반드시 배제해야 한다고 주
장했다 / 잃어버린 고양이를 찾습니다 / 풍수적으로 부
족한 땅의 기운을 채워주는 것을 비보(裨補)라 한다

존재한다는 것은 사라지지만
외로움으 남는다
움터서 나오는 이것을
나는 새의 발톱이 전해준 기억이라 명명한다

빙점을 나는 잠자리
—노란 잠수함 1

(초침과 초침 사이로

강물이 흐른다)

창문을 향해 총신을 겨눈다 / 습성이란 젖어 있는 것
/ 않는다 / 노란 잠수함이 하늘에 떠 있다 / 사람의 체온
이 36.5도인지 / 손가락 끝을 찔러본다 / 영혼이 육체를
물어뜯는 법은 있어도 육체가 영혼을 짓밟는 법은 없다
고 / 밥을 먹는 동안에도 존재는 종소리처럼 울린다 /
아직 지구에 중력이 남아 있다는 증거다

(흙 속의 검은 씨앗들은
숨결을 허공에 돌돌 말아 건다
달빛 가득한 잔뿌리들)

돌을 들어 창문을 향해 던진다 / 적당하게 금이 가서
떨어지는 빗방울들 / 걱정할 것 없다 / 라이터 불은 위
로만 솟구쳐 오른다 / 이제부터 부서지는 방법을 배워
야 한다 / 산다는 것이 비로 내렸다

>

숨결을 잡아당기며
개미들이 치약을 물고
벽 속으로 들어간다

그림자는 너무 많은 추억을 경험했다 / 먹구름 없는
번개가 천둥을 부른다 / 망각하는 것만이 생존할 수 있
는 유일한 방법이었다 / 어딘지 기억엔 없는 몸짓들 /
태평양에선 빗방울 속으로 새 한 마리 떨어졌을 텐데 /
누군가 대문 위에 고추 모종을 심어놓았다

도무지 개미들이 저 벽 속으로 들어가
무엇을 하는지 알 수 없는데
벽을 깰 수도 없고 입술을 동그랗게 말아
숨을 호호 벽 속으로 불어보는데
어깨 위, 성층권 밖으로
별들이 내 의식을 대신해
숨을 호호거리고

오래된 관념어
— 노란 잠수함 2

빙점이 들끓는다 / 버스 속의 여자는 배 속의 아이가
꿈틀거렸다며 통화 중 / 나는 구두 뒷굽의 허름한 보풀
을 숨기기 위해 앞발가락에 힘을 주었다 / 비석처럼 뒷
배경이 푸르다 / 잠자리가 검은 비닐봉지 위로 날아가
앉는다

(시계는 보이지 않는 흐름을
막아선 댐과 같아
초침과 초침 사이로)

외투를 의자의 귀에다 건다 / 누군가 아득하게 보고
싶다는 말을 파도 속에 넣어주었다 / 과도와 식칼을 두
기에는 방이 너무 비좁다 / 앞치마를 입은 필리핀 여자
가 남편의 담배를 사러 지폐를 들고 뛰어간다

불안감은 빗방울의 표면에서 햇빛으로 일렁임 / 사람
들이 떠나갈 때마다 내 기억의 일부를 퍼즐로 훔쳐갔다
/ 방 안에 불빛을 / 나는 / 가둔다 / 적당하게 금이 간

빗물이 모여 강을 이루리라

　문을 열고 들어간다는 것은 오래된 관념어 / 금이 간 담배처럼 하늘 한쪽이 빼꼼히 열렸다 / 쥐불을 놓은 들판의 연기가 솟구친다 / 비밀스런 가르침이다 / 문득, 위층 세탁기 돌아가는 소리에 살고 싶은 식욕이 생겼다 / 머리에 랜선을 끼운다 / 무덤이 불타오른다 / 번개 맞은 대추나무를 달여 먹으면 오한에 좋다 한다 / 그녀의 유품은 인감도장이 전부였다

　　(물고기들이 톡톡

　　　　　　　강물을 거슬러 오른다)

중심을 향한 길을 지운다
― 노란 잠수함 3

해수의 온도가 오를 때까지 / 오랜 후에도 바람이 지
나간 이 골목 어디쯤 / 내가 모르는 아픔이 자라고 있을
것이다 / 직진금지 표시판이 붙은 후부터다 / 나는 그녀
에게 태양을 한 장 그려주었다

굽이굽이 돌아가는 강물 위로 / 잉크 냄새가 번진다 /
벽돌담을 만지며 나는 시대의 자궁을 갖고 싶어졌다 /
탱글한 느낌으로 / 청바지를 입고 / 봄 하늘을 바라본다
/ 쓸쓸한 자만이 살아남아 명예를 지킨다 / 눈물 속의
태양은 더 이상 뜨거워지지 않는다

(시간의 수평선 끝에서
누가 또
용접을 하는지
꽃씨 같은 새벽이 날아든다)

대지 끝에 놓인 바다 / 질량은 고유한 무게를 표시하
는 단위이다 / 항구를 떠난 배는 / 프로펠러의 흔적으로

자오선을 찾아간다 / 중심을 향해 나는 자꾸 지나온 길
을 지운다 / 필라멘트가 밝아지며 물고기의 투명한 지
느러미가 내 눈 속으로 들어왔다

　바람은 어스름한 들녘에서 / 막막함으로 낱알 몇 개
줍는다 / 그녀의 블라우스가 언덕을 넘어가다 / 눈발을
만났다 / 이상하다는 듯 나를 바라보았다 / “물고기야”
하고 내가 말했다

　남루한 시대정신은 축축한 바람을 만나 / 동글동글한
흙이 되지 못하고 / 양털 구름이 되지 못하고 / 소금밭
에 비친 푸른 하늘 / 흰옷을 입은 여지기 불쑥 / 얼굴을
내민다 / 둥근 혀

　　　　(이 행성을 떠나기 위한 시간은
　　　　　　　초침과 초침 사이면 충분하다)

한 박자 늦게 듣는 죽비 소리
― 노란 잠수함 4

여자는 떨어지는 눈송이를 손가락으로 찔러대는 시늉을 했다 한다 / 눈송이의 정중앙을 맞히면 팡팡 터지는 물풍선 게임으로 알았다 한다

(흙 속의 잔뿌리들
대지 속의 가득한 어둠을 밀치며
숨결마다
불꽃 돋는다)

시반(屍班)은 시간대별로 사체에 얼룩 생기는 현상을 말한다 / 나는 오스스 오한을 느끼고 있었다 / 반딧불 같은 내 귀가 부화하려고 한다 / 사람들이 붐빈다 / 죽음에 대한 호응은 자유라고 검시관이 말했다

시대는 불임을 꿈꾸며 / 물과 대지의 호응 / 언어의 회귀성은 대지의 발끝에 놓인 바다 / 지구의 대기권을 벗어나는 데 초당 11km의 속도가 필요하다 / 하이힐이 또각또각 낮은 전선줄을 건드리며 걸어갔다 / 옷을 벗

는 눈발들 / 필로폰의 환각 속으로 / 떠나고 싶어 / 멀리
지워지고 싶어 / 그녀는 중얼거리곤 했다

(흙 속의 씨앗들은
숨결을 허공에 돌돌 말아 건다
달빛 가득한 잔뿌리)

알은 부화를 꿈꾸며 잠을 잔다 / 아침에 눈을 뜨면 /
전선 밑으로 내리는 눈을 보고도 / 눈이 오려나 하는 인
식이 / 자꾸 뇌리를 스쳐간다 / 한 박자 늦게 듣는 죽비
소리 / 혹은 아침 / 전도된 낱알 몇이 황혼을 쓸쓸히 바
라보고 있었다

(초침과 초침 사이로
　　　　강물이 흐른다)

내 사랑, 아행행[*], 킹콩 1

정글에서 새싹이 피어났죠, 밥알 아래로 당신이 먼저
뛰어가 환하게 웃던 식탁입니다, 아행행,

텅 빈 우주 안으로 나는 마음만 입고 앉았어요, 아행
행, 조심해요, 숟가락에서 정글이 떨어지겠어요,

이제 마음 놓고 심장을 쳐도 되겠죠, 아행행, 빨간 사
과를 자르다 정글이 되어버린 당신은 지구의 무게를 들
고 있죠, 아행행,

'이젠 끝내'라는 말에서 배를 타고 떠난 당신에 대해
심리적으로만 말해야겠죠, 아행행, 의심 없이 괴로움을
노출시킨 분노는 밥그릇에 담겨 있어요, 아행행,

당신 없는 식탁에 앉아, 대답해봐요, 당신 가슴속에
동굴 하나 파도 되겠죠, 아행행, 그게 아니라면 메아리
쳐오는 이 환한 햇살을 어떻게 설명할 수 있겠어요, 아
행행,

>

    몇 번이나 대답해야 하나요, 아행행, 당신은 정글에 내린 빗방울 숫자만큼 일거수일투족 빛났죠, 기억 속의 현재와 과거는 자웅동체라니까요, 아행행, 동시다발적인 당신의 정글에서는 한기가 느껴져요, 시간을 초침으로만 계산하지 말아요, 아행행,

---

내 사랑, 아행행, 킹콩 2

정글은 미궁(迷宮)이죠, 비장해지려는 혀이죠, 아행
행, 햇빛 조금에도 몸이 바싹 타들어가요, 거인국에 간
걸리버처럼 먼지 하나의 무게에도 나는 갇혀 지냈어요,
아행행,

머릿속은 온통 불이 났는데 빨간 신호등 앞에 멈추어
선 당신과 나는 간절하게 아행행, 타이어 밀리는 소리,
문이 닫히는 순간, 천 킬로를 달려간 당신을 상상하는
거예요, 아행행,

지구를 타원형으로 알고 있는 당신의 관념은 천 년 전
중세 시대 사람들의 사고와 흡사하죠, 아행행, 숟가락
은 쌍을 이루지 않아도 숟가락인데, 커피포트는 빠르게
정글로 넘쳐흘렀죠, 아행행,

비등점 위로 날아간 수증기들, 아행행, 식탁 모서리
에 넘어진 화분은 상체보다 더 긴 뿌리를 가지고 있었
죠, 아행행,

>

그릇이 아름다운 건 마음을 비운 채 자신을 의심 없이
노출시키고 있기 때문이죠, 아행행, 의미와 형식도 오
래전 거기 있었죠, 아행행,

태양의 크기가 가로등만 하다면 시집(詩集)은 그대
앞에 놓인 절벽이라고 말한 당신, 바위가 먼저로 떠다
니는 이 거대 행성에서 나는 아행행 하죠,

내겐 튼튼한 이빨들이 너무 많아, 아행행, 빨간 신호
등을 가슴으로만 우지끈 씹어대고 있죠, 아행행, 정글
밖으로 사라지는 당신의 뒷모습은 문고리를 닮았죠, 아
행행,

내 사랑, 아행행, 킹콩 3

정글 한가운데 앉아 들리나요, 처처의 독백이, 아행행,
못 살겠다고 서로에게 안부를 묻는 소리가, 아행행, 노
란 물탱크예요, 허기 속에 핀 노란 팬지꽃이 당신의 부재
와 교접하면 이런 위액이 쏟아져 나올까요, 아행행,

전자레인지를 돌리면 엔진 같은 당신의 눈동자가 돌
아와 수도꼭지를 틀 수 있을까요, 아행행, 마침표 하나
가 온 우주를 끌어당기고 있었다면 당신은 믿었을까요,
아행행,

죽음을 잊게 하는 것은 후각이라고 말한 당신, 아행행,
두려웠을 거예요, 당신이 떠난 자리보다 텅 빈 이 식탁
의 공백이, 사냥에 나선 짐승은 그르렁거리며 입을 벌
려 텅 빈 속을 보이진 않아요, 아행행,

식탁에서 느끼는 심리적 거리는 은하수의 안과 밖만
큼 멀죠, 아행행, 텅 빈 우주 속에 뜨거운 뚝배기 하나
올려놓고 아행행, 제(祭)를 지내는 선사 시대의 무녀가

삼일우를 내린다고 해서, 아헹헹, 흩어진 밥알이 당신
의 눈빛으로 되진 않아요,

심안(心眼)을 닫아야 겨우 잠들 수 있는데 아헹헹, 안
심(眼心)할 수 있을까요, 당신이 도착한 세계가 소인국
인지 거인국인지 아헹헹, 당신도 그 쓸쓸함을 알고 있
으니, 걱정하지 말아요, 아직도 손가락은 열 개니까요,
정글은 다만 아헹헹 할 뿐이죠,

환과 소멸 사이를 만지다

그늘진 울음 / 삶은 의외로 질기다 / 속이 꽉 찬 빵을 보면 설레었다 / '女'라는 글자의 구멍 속으로 들어가 오랫동안 구워지고 싶었다 / 너는 가난해도 용감하구나 / 칼은 단 한순간도 자신이 칼이라는 사실을 잊은 적이 없으므로 칼이 된다 / 진실도 설득하지 않으면 진실이 되지 않는다

나뭇가지들의 정점
우듬지 위의 허공
오래된 고요라고도 부르는

느티나무가 생기면서부터다 / 흰 구름이 지나갈 때 / 하늘이 살짝 흔들린다 / 구멍을 뚫고 싶다 / 맹목을 경험한 / 소주병 속을 날아가는 백학의 날갯짓 / 메콩강에 사는 티베트인들은 / 강을 건너기 위해 / 천 길 낭떠러지 밑을 본다 / 밧줄에 온몸을 매단다

나뭇잎 하나만으로 충만히 하늘거리는

우주의 밀교

잃을 게 없다 / 파도가 갯바위에서 부서졌다 / 걸음마다 하늘이 흐물거렸다 / 파도가 아작아작 씹던 바다 / 온통 이빨 자국이다 / 끝까지 작정하고 달려가본 / 종지부 / 마침표 하나가 / 아주 열심히 / 지구를 끌어당기고 있었다 / 문장 속으로 침잠해 들어간다 / 너를 통과해갔다 / 바람 속에서 검은 향기가 타들어갔다

바다는
파도에 누워 잠든 시계
환(幻)과 소멸 사이

신호등의 깜빡임으로 바라본 밤 풍경

허공의 구름은 맨홀 뚜껑으로 박혀 있다 / 두 눈 똑바
로 뜨지 못하는 신호등 / 중국 매미가 수액을 빨아 먹는
동안 / 나는 혁대(革帶)를 풀어 나무 밑동에 넣어주었다

목을 매달고 싶을 때
붉은 리본을 어루만지곤 했다

깜빡거리며 그녀의 갈비뼈를 가늠한다 / 갸우뚱, 제
몸을 추스른다 / 가만, 횡단보도의 선을 만져본다 / 존
재는 두 세계 사이에 놓인 사다리다 / 화표(華表) 천년
의 별학(別鶴)이 날아간 흔적 / 아스팔트마다 흰 페인
트로 표식되어 있다

아무것도 아니라는 듯
경찰은 타자기를 두드리곤 했다

동력을 끌어모은다 / 지나가는 자전거 바퀴살에 휘감
기는 세월들 / 여름의 열기가 밀려온다 / 그녀의 심부

(深部)를 향해 / 나무들이 자라난다

수의 입은 사내들의 말소리가
전기난로의 배관 속을 빨갛게 핥고 지나간다

스님이 웨딩홀에 들어가 기표(記票)만 훔쳐 달아나던
사이 / 처서 지난 하늘로 / 호박의 가느다란 대궁이 전
선을 휘감으며 오른다 / 그 길 위로 기표는 남고 기의
(記意)만 올라갔다

방 가운데 쓰러진 나무 의자 하나
눈 시리게 뚜렷하다

• 허난설헌, 「규원가」 중에서.

수박이 있는 길목

수박은
어미에게로 이어진 자궁을 향해
보란 듯 긴 혀를 잘라버린 촌철살인

한강대교를 건너자 / 내 안의 쓸쓸함을 모아 / 공허를
모아 / 노란 꽃 한 송이 만든다 / 말랑말랑한 흙비 / 이
주문은 세 번 이상 외워야 한다 / 나를 위협하는 것은 /
저기, 봄 바다까지 꽉 찬 달

그어진 실핏줄마다
머리와 항문이 없는 아이의
꼭지가 마르도록 내민 혀,
간절한 소통의 시작이었을 것이다
텅, 울리는 속이 벌겋다

인사를 했다 / 차를 몰고 갔다 / 관념은 말랑거리는
개의 혀처럼 궁서체다 / 거미줄을 따라 / 금이 간 담장
을 지나 / 내 마음 어딘가에 촛불을 켠다

온전한 행성을 이루기 위해
태양으로부터
제 몸을 허공에 단 지구
노부부의 눈동자가 그러했을 것이다

묵(墨)이 한지를 적시는 속도로 / 온몸을 적시는 이
우울의 어깨를 다독였다 / 하늘과 땅의 영(靈)을 만나
게 하기 위해 / 향을 묻었던 전통을 침향이라 한다

고통은
사람의 몸을 빌려
마음을 짓는다

비 갠 오후의 풍경
—전선 위의 빗방울 1

전조는 평범하게 다가왔다 / 신호 대기 중인 트럭 위
의 닭장 / 수탉들은 붉은 볏을 세웠다 / 생활을 잃으면
소리가 난다

상수리나무 밖으로
길이 자란다

전선에 걸린 빗방울들 / 하늘과 지상 사이 둥근 몸 하
나로 숨을 버틴다 / 모기알들이 강변의 기슭에서 눈을
뜨기 시작한다 / 장맛비 그리고 다방 여자는 / Tico를
탄다 / 푸른 하늘에서 뿌리 뻗으며 / 뭉게구름 피어난다

새들이 길 안에 알을 낳는다
그 모든 우주 안으로 비가 내린다

인식은 코카콜라 병을 들고 있는 / 여자의 손목에 가
있었다 / 슬픔 아닌 게 없었다고 진술한 세계관을 불태
운다 / 갠지스 강이 노을에 젖을 때에도 / 고기잡이 배

드로는 닭이 울 때까지 예수를 세 번 부정했다

시간 안의 소녀가 시간 밖의 소녀에게 걸어간다
상수리나무는 상수리나무로 꼼지락거린다

그날 밤은 너무 얇아서 / 화(火)요일에 서 있는 사람
과 수(水)요일에 서 있는 사람이 서로 악수할 정도였다
/ 카자르 사전°을 읽을 때 / 양 떼들을 거느리고서…… /
바람 속에서 씨앗이 피어났다

생명의 쓸쓸함이 자란다
구름의 속두로 길이 열린다

병실에서 바라본 풍경
―전선 위의 빗방울 2

골목길 끝에는 여관이 하나 매달려 있다
여관에는 빨간 화분이 하나 있다
빨간 화분 옆에 또 노란 화분이 있다
서로 밀고 당기는 관계는 아닌데
있다

자동차수리전문점 뒤쪽 폐기물에서 자란 / 잡풀들이
짙푸르다 / 정신은 물방울 하나도 / 손가락 위에 올려놓
지 못했다 / 은색 배기통을 싣고 온 운전사는 / 1만 원
권 지폐를 확인한다 / 이 시대의 이데올로기는 소비다 /
그럼에도 불구하고 정신을 믿는다 / 발악(發惡)이다

오고 가는 바람만이
길을 만들고 있다
집착하고 있는 것과 집착하지 않는 것
사이에 있다
한쪽 화분에서는 어느새
씨앗 하나를 품어내고 있다

언뜻, 삶의 앞면과 뒷면 사이가 줄어들고 있다

장미 다방으로 총알 목걸이를 한 군인 두셋 들어간다
/ 과학자는 하트의 형상은 심장이 아니라 / 누워 있던 여
성의 엉덩이에서 유래했다고 주장했다 / 삐거덕 문이 닫
히자 / 마음이 또 포도당 방울처럼 그렁그렁 굵어진다

빨간 화분의 새싹이
노란 화분 쪽의 빈 하늘을 밀어내고 있다
죽음 쪽의 공간은
존재에 의해 관찰된 적이 없다

병실 속의 다알리아
─전선 위의 빗방울 3

유리컵 속
다알리아 뿌리가
햇살에 반짝인다
프린트 가득
검은 잉크가 고여 있다

이제는 전신마취를 해야 한다 / 바다 한가운데 문이
있다거나 / 바람 속에 있다거나 / 어떤 이는 나무에서
문을 찾기도 했다 / 이 길의 유턴은 비보호다 / 마취 속
의 나는 강변에 나가 조약돌만 자꾸 쓸어 담았다

상형문자가
유리컵 안의 물을 건너간다
햇살이 빨래집게처럼
다알리아 줄기를 잡아당긴다
검은 여백이 흰 여백을 채운다

하늘을 관통하는 새 한 마리 / 나에겐 스승이 없다 /

사고 후 삶의 몫이 바뀌기도 한다 / 마취 속에서 거울을 보고 있었다 / 반영(反影)이란 것을 깨닫기 위해서는 / 머리에 손을 얹어보아야 한다 / 간혹 하늘 저편에서 누군가의 목소리가 들려오곤 했다 / 산업혁명 이후 미국 중산층이 쌓아 올린 부는 이틀 만에 사라졌다*

　다알리아 구근은 알몸의 사내들로
　백지 위에서 춤을 춘다
　다알리아 구근 한가운데서
　달이
　피어난다
　무닥불 안으로
　다알리아 구근이 티들어긴다

---

* 2008년 미국의 서브프라임 금융 위기.

수화를 나누는 시간
―사진관 렌즈 혹은 잠자리의 눈 1

적막에 얼굴을 부딪힐 것 같다 / 악착은 맛있겠다 /
목소리가 말했다 / 손에 쥐고 있던 열쇠를 철로 위에 던
졌다 / 부재는 삶이 앓던 자리를 쓸며 간다 / 숨을 할딱
거리는 파도 / 빛과 어둠의 교차

둥글지 않은 사과를 반쯤 씹는다
침식,
해변 쪽으로 바다가 잠겨 있다
태초의 한 사내가 올라온다
아쉬움을 넘어 자책감마저 든다

평생 쓸 칼은 아프리카 대장장이에게 가서 사라고 움
베르트 에코가 말했다 / 나는 오지선다형 문제를 풀었
다 / 코피 쏟은 세면대 / 화장실 천장에 맺힌 물방울에
서 천기를 읽는다 / 근해 속으로 스며드는 빗방울의 번
짐 / 수면을 박차고 오르는 수증기들의 비명 / 아무도
답해주지 않는 가운데 / 산소를 잃은 그린란드 얼음은
푸른색을 띠었다

시간이 하루라는
의자에 앉아 불을 끈다
태초의 여성은 반쯤 옷을 벗는다

시간을 휘어본다 / 통증은 호기심을 갖게 하는 신호
다 / 스크린 위로 떠오르는 딱딱한 공포가 손톱 밑으로
들어왔다 / 나는 취향을 가지고 있다, 라는 로빈슨 크루
소의 문장 / 머리를 탁 치면 거북이는 목을 집어넣었다 /
우주의 팽창과 수축처럼 거룩하다 / 수화(手話)에는 조
사가 없다

붉은 꽃잎은
자신의 입술이 온몸이라는 것을
붉은 꽃잎으로 깨달아간다

능소화가 붉은 담을 닮는 까닭
—사진관 렌즈 혹은 잠자리의 눈 2

잔디밭에 누워 문자를 보낸다 / 마음속의 노란 나비
한 마리조차 보낼 수 없다 / 투명한 영혼으로 현실을 버
틸 수 있는 건 / 관념 속에서만 가능하다 / 이스터 섬
모아이 석상의 기다림처럼

흔들리지 않는 노란 꽃 한 송이
의미와 무의미 사이를
호박벌이 날아간다

영사기를 통과하는 불온한 구름들 / 화물선은 빠르게
서해 항구를 빠져나간다 / 정박하려는 배들과 출항하려
는 배들 / 물결과 물결 사이 / 빛과 어둠 속으로 숨을 할
딱거리는 혀 / 검은 개는 진실을 말한다고 주장하던 /
처칠도 노쇠해져갔다 / 코스타리카는 지구상에서 군대
가 없는 유일한 나라다

능소화가 붉은 벽을 넘는 까닭은
공백을 향한 손길이다

시간이 허용된 만큼
내 안에서 뿌리가 자라난다

영사기의 빛이 서해 바다를 비추기 시작한다 / 밀려
가는 썰물보다 밀려가려고 하는 마음들이 먼저 떠나간
다 / 모든 수화는 모음(母音)부터 배운다 / 숨결이 조금
씩 서해 상공으로 빨려 들어가고 있다

능소화가 품어 올린 것은 허공인데
꽃잎 가득 황토 냄새가 풍겨져 나온다
손 마디마디 붉은 가슴이 만져지곤 한다
거기부터 애증이 시작된다

• 남태평양 폴리네시아 동쪽 끝에 있는 칠레의 화산섬. 얼굴이 큰 거인상이 있다.

목련이 핀다
― 사진관 렌즈 혹은 잠자리의 눈 3

마우스 옆에 촛불을 켠다 / 십 년 전과 십 년 후가 창
밖으로 지나간다 / 개의 다리는 네 개지만 동시에 모든
다리를 움직이지 못한다 / 생존 전략이다 / 화살은 직선
으로 날아가지 않는다 / 고대인들은 하늘의 눈동자에
박힌 화기(火氣)를 / 주작이 다스린다고 믿었다

세월을 돌돌 말아 던지면
그대 가슴 같은 해당화,
경계를 날아다닌다는
나비 한 마리

잡초는 시멘트를 뚫고 피어오른다 / 한 번도 연 적이
없는 소화전은 / 당신의 입술을 닮았다 한다 / 잘 있었
지? / 실존을 확인하는 방법은 서로의 붉은 혀를 내미
는 것 / 빗방울 소리에 잠을 깼다

붉은 벽을 넘는 덩굴들
옆으로 해당화 한 송이

어혈 진 그 자리
허리쯤에 가닿는 자리

목련나무 아래 쪼그려 앉아 서럽게 울던 탁상시계 /
부지런히 움직여야 하는 잠자리의 날개를 보는 동안 /
'7'이라는 숫자가 행운을 줄 것이라고 믿지 않았다 / 노
예는 자신이 노예라는 것을 깨닫지 못하기 때문에 노예
다˙ / 고대의 한 부족은 소금으로 만든 거울을 신에게
바쳤다

수화는 가장 오래된 인간의 언어다

• 김남주 시인의 시 제목 「노예라고 다 노예인 것은 아니다」에서 변용.

다른 명명법으로 호명하자면
—사진관 렌즈 혹은 잠자리의 눈 4

달빛의 오돌토돌한 표면이 지구의 대기권에 부딪히는
소리 / 빈 운동장에 찍힌 운동화 자국 / 바람에 쓸리며
모래에 묻힌다 / 추억은 늘 자기정당화 코드를 가지고
있다 / 버드나무 가지들이 흔들리며 신음 소리를 낸다 /
나는 경험하지 못한 세계와 만나며 존재한다

쨍쨍 시간이 닿는 틈마다
그대 자라나 꽃을 피우고
꽃을 올린다
다른 명명법으로 호명하자면
고통보다 먼저 고통에 대한
기억이 떠오른다

보일러가 꺼지자 들판 가득 눈이 쌓였다 / 잠자리의
눈은 3만 개의 낱눈이 모인 겹눈이다 / 등 푸른 나뭇잎
이 반짝인다 / 손을 밀어 넣었는데 시간 저쪽으로 뻗어
간 손목이 보이지 않는다

시간은 기억 아래이거나
꽃그늘 아래이거나
바람 아래이거나
시간 그 자체로 흔들린다

영사기의 빛들이 서서히 길과 길 / 골목과 골목으로
모세혈관에 피가 돌 듯 번져가고 있다 / 나의 관점으로
바라보면 빨려나가고 있는 것이지만 / 말소리는 생존에
필수적인 여러 신체기관의 협력에 의해 만들어진다

급히 달아나는 동물들의 귀소 본능
길에서 뻑치기 당한 머리를
한 손으로 간신히 받치고 있는 사이

갑을 시티 1

갑은 쿵후를 배웠다 / 을은 한강대교에서 다이빙을
배우고 싶었다 / 난 남자니까 / 치부를 건드렸다 / 갑은
부엌칼을 흉기로 간주했다 / 을이 저기 간다 / 을은 사
람이 좋았다

쥐의 백혈구 수치에 관한 실험을 했다

갑은 축구공으로 유리창을 깼다 / 을은 벌써 세 번이
나 약속을 깼다 / 선생님은 우리에게 깨어 있는 사람이
되라 했다 / 갑은 종전 기록을 깨고 새로운 기록을 세웠
다 / 달러화 약세의 전망으로 금(金) 가격은 상승했다

미술심리치료 학원에 갔다
불을 지르고 싶었다
그림을 그렸다
칭찬받았다

곰인형은 정말 위험한 눈동자를 갖고 있구나 / 인간

의 소외는 노동의 소외에서 비롯된다 / 빗방울 소리에
더 자유로워졌다 / 이것은 방이 아니다 / 톱상어는 인류
에게 칼에 관한 착상을 제공했다 / 문명은 18세기 프랑
스의 궁정 예의범절을 의미했다 / 그림자를 닮았잖니 /
을은 김치를 먹었다 / 갑은 팥빙수를 좋아해

이 세상 소풍은 재미있니?

소득이 낮은 근로자 B씨 / 은퇴한 사업가 C씨 / 사무
직 근로자 D씨 / 편의점 알바생 A씨 / 이들은 모두 고
시원에 산다

을은 소통한다 그러므로 망치는 무겁다

갑을 시티 2

편견을 극복하는 방법 / 갑의 설득력은 탁월하다 / 내 손에서 장미를 보여주면 믿겠니? / 을의 소요 사태는 쉽게 처리되었다 / 저는 주인님을 사랑하는 견공주예요 / 갑은 계약서를 강물에 띄웠다 / 어떤 빌딩도 내각의 합은 360도이다

마른 체형이거나 배불뚝이이거나 그 곡선의 합은 동일하다 / 을은 시간이 흐르자 커다란 충격을 받았다 / 갑은 도사견을 삽으로 내리쳤다 / 여동생은 주머니에 비수를 숨기고 직장에 갔다 / 용의자가 좁혀졌다 / 의사는 수술을 권고했다

추신수는 좌중간 적시타를 쳤다 / 이동국은 월드컵에서 첫 골을 넣지 못했다 / 갑과 을은 상황에 따라 위치가 변한다

LPG 충전소 옆 노란 국화 / 이 차에는 갑이 타고 있습니다 / 을의 인중에서 흐른 땀방울이 갑의 눈으로 들어

갔다 / 연락이 없는 것으로 보아 갑은 해외여행 중일 것
이다 / 스피드와 타이밍을 정확히 맞추는 하이힐 / 그런
날이면 생기발랄하게 을은 미니스커트를 입는다 / 건물
의 문은 모두 사각형이다

　미술심리치료 학원에 갔다
　담배를 끊고 싶었다
　그림을 그렸다
　칭찬받지 못했다

　을의 아버지는 푸줏간에서 일했다 / 라이터를 긋는다
/ 비가 왔다 / 갑은 빨간 차를 몰고 갔다 / 거기까지가
을의 바다였다

　평가(平價)에 따른 변절은 그대의 힘이다

두 개의 강을 위한 안내서 1

추억은 지배당하지 않는다 / 상갓집 마른 향내 / 부정
문은 한계를 내포하고 있기 때문에 자기 반성적이다 /
발목에 무수한 길들이 칭칭 감긴다 / 어머니는 외로울
때마다 금붕어 무늬 그릇을 사 모았다 / 가을비가 타오
르고 있다 / 눈물에 관한 기록이다 / 사람들이 오장육부
를 꺼내 햇빛에 말리는 이유다

노란 국화를 쭈욱 잡아당긴다
솜사탕 냄새가 따라 올라온다

늦게 깬 의식이 자꾸 차가워졌다 / 튼튼한 턱뼈와 측
정할 수 없는 허무가 매달려 있다 / 낡은 라디오에서 간
헐적으로 잡음이 들려왔다 / 나는 부품으로서 존재한다
/ 빈 들에 혼자 서 있는 가로등 / 뒤쪽으로는 무한 창공

식탁 위에 장마 전선을 올려놓고
녹음(綠陰) 한 젓가락 집는다
비릿하다

>

    관념 속으로 딱정벌레 한 마리가 날아간다 / 화장지
로 꾸욱 눌러 죽인다 / 겨울 숲에서 는개가 내려온다 /
허무를 칼로 뜯어낼수록 / 잘 뽑히지 않는 허무 속의 무
수한 발자국들 / 잃어버린 우산과 잃어버린 신발과 잃
어버린 깃발들

    내 사랑, 나의 올무
    중력이 나를 따라와 눕는다
    점(占)을 친다

두 개의 강을 위한 안내서 2

방은 탁자를 품고 의자를 낳는다 / 나는 너를 낳아 늙었다 / 겨울밤 눈 덮인 돌멩이 속에서 허무를 꺼낸 자가 있었다 / 의자의 다리가 네 개인지 / 아버지는 두 개의 다리로 / 온전하게 걸어 다니는지 / 만져보며 / 눈 쌓인 언 밥을 먹고 허무 속을 걸어가고 있었다

노트를 펼치면 날아오르는 모국어(母國語)들
화장실에 모인 초딩들이 담배를 빡빡 피우며 말했다
"야, 나 일주일 치 학습지 밀렸다. 휴~"
창밖으로 뛰어내리는 여고생의 자살

입속에 털어 넣은 밥알이 위장 속을 화살표로 돌아다닌다 / 눈발이 팽창했다 / 이 시대의 표상은 핸드폰 안테나에서 빛났다 / 현기증 속으로 빠져나가는 차들의 속력은 / 안녕을 지키는 전사들

애인이 좆도 모르는 놈은 집에 가서
좆 잡고 반성하란다

좆도 없는 놈이 좆 빠지게 잡아도 힘이 없다
반성도 힘 있는 자들이 하는 것

허무는 가끔 자신을 향한 하얀 비명을 듣는다 / 국어
사전은 네모로 되어 있는지 / 지금 네모의 시대가 몇 년
인지 물어보고 싶어 / 애인의 전화번호를 꾹꾹 누르면 /
꺽꺽 잠기는 그녀들의 목소리……

(속도가 떨어졌다) (여린 누이동생들) (잘 자라)

저편으로 사라지는 원근법의 속도 / 알루미늄 코일
위에서 떨리는 언어들 / 흩어진다 / 참을 수 없어 / 목을
쓰다듬는다 / 어느새 손등이 어루만지고 있는 / 꿈틀거
리는 / 이 욕망의 단단한 씨앗들!

부신(符信)
— 두려움을 이기는 방법 1

불 속에서 한 여자가 / 한 남자에게 검은 씨앗을 던진
다 / 죽은 자의 입을 벌려 채워 넣던 엽전들 / 혹은 아린
곳마다 터져 나오는 비명 / 자신의 마음과 가장 닮은 조
약돌을 죽은 자의 입에 넣어주던 풍습

그대라는 밤바다의 크기,
막 알에서 깨어난 거북이의 눈
소멸하는 쪽에서
내가 길게 자라나고 있다

바람이 바위를 움직인다 / 어제 형을 봤어요 / 산에서
도를 닦았다 / 욕조가 깨졌다 / 번지 점프를 했다 / 바
다에 가서 점심을 먹었다 / 새들은 별들이 지구로부터
점점 멀어진다는 사실에 / 뻐꾹, 뻐꾹 탁상시계처럼 울
었다

꽃은 없고 향기만 피어났다
향기가 맺힌 곳마다 오래된 무덤들이

열렸다 한없이 푸른 잎맥을 배경으로

오른손과 왼손을 비비면 / 그대에게 가는 모든 길들
이 / 강물 속의 조약돌 하나 만월 하나 베어 물고 있었는
데 / 누가 조약돌 속에서 향을 피우는지 / 물결 가득 은
비늘로 반짝인다 / 가을비가 타들어간다 / 망자(亡者)를
만나기 위해 선사 시대의 제사장들은 / 흰 두루미의 깃
털을 부신(符信)으로 사용했다

조약돌을 가슴에 안고
꽃이 진다
소금이 빤짝인다
거기쯤에서 의미도 사라졌나
그대도 떠도는 그대를 알지 못하리

세상의 꽃들이 태양을 품고 피어오를 때 / 그 중심에
강의 조약돌을 올려놓는다 / 꽃잎이 하나하나 조약돌의
흐름을 만져본다 / 구두 밑창이 다 닳아 발가락이 빠져

나온 꿈 / 아련하게 붉은 숨결이 전해진다 / 손금 위에
조약돌을 올려놓자 / 시공(時空)이 서로의 마음을 헤아
린다

화택(火宅)

— 두려움을 이기는 방법 2

붉은 태양 속을 날아가는 것은 흰 두루미다 / 어긋나
는 것도 기다림이다 / 문자가 없던 시절엔 강의 돌을 이
용해 서로의 마음을 전달하였다 / 시집을 욕조에 넣어
주었다

당신 속에 지평선을 긋는다
햇빛 속의 염전,
오고 가던 시간이 확 타오른다

눈 쌓인 아침 / 밖이 너무 밝으면 안을 제대로 볼 수가
없다 / 돌을 두드리면 강물 소리가 들린다 / 타르르 타
르르 / 공기들이 염주알로 굴리간다 / 액제는 변화시키
기 힘들다 / 곡선은 푸른 색이다 / 그것을 나는 뫼비우스
띠의 원리라고 부른다 / 다만, 깨어지는 순간 깨닫는다

수차를 돌리는 사내의 발바닥,
내 심장의 밤하늘로 갈매기 날아간다

＞

눈 내리는 고요 / 안이 너무 밝으면 밖을 제대로 분간
할 수 없다 / 형광등 불빛이 온 방을 떠돌아다닌다 / 흰
빛을 품은 공기들이 서로에게 적의를 보인다 / 벌겋게
타오르는 속삭임들 / 밖에 있는 사람들은 모두 아는데
안에 있는 사람들만이 모른다는 화택(火宅)

어느 바닷가에선 거북이가
해변 깊숙이 알을
모래에 맡겼을 것이다

자만(自慢)은 청춘의 유일한 그늘이었다고 / 상처는
고통을 품고 부화한다 / 부풀어 오르는 상처가 강의 돌
을 밀어 올린다 / 살구 냄새가 난다

고인 빗물 위로 흰 뭉게구름이 지나간다 / 쪼그리고
앉은 소녀가 빗물 위로 자신의 눈동자를 들여다본다 /
눅눅한 습기가 올라온다

어느 한 생애가 시작되는 지점이다

오늘의 기상도(氣象圖)
― 보름달 냄새 가득한 시간 1

첫눈은 기상청 예고보다 늦게 내렸다
몇 마디 뱉어야만 할 자리에서의 침묵은
구국 결단 정치인들의 전단지로 흩날리고 있었다

과식 때문에 배탈이 났다 / 돼지 저금통을 가슴에 품
고 병원에 갔다 / 스스로 심장을 꺼낼 수 없는 것처럼 /
두 손을 오목하게 만들면 / 하늘이 맑았다 / 노란 오줌
에서는 민물고기의 투명한 비늘 냄새가 났다 / 변기의
물을 내리자 서쪽 하늘에서 먹구름이 몰려왔다

멀리서 응급차 달려오는 소리
꽃잎에 내 지문을 찍어본다

눈은 눈 위에 쌓여 단호해진다 / 부끄러운 고백은 어
미의 사체를 보이지 않기 위해 아들의 눈을 가린 아비
의 심정 같았다 / 나는 압력밥솥의 수증기로 한 움큼 쏟
아졌다 / 반추동물들의 내장 기관은 고난을 감수하겠다
는 일종의 통과의례 형식을 닮았다 / 강물 속의 조약돌

이란 아린 곳마다 터져 나오는 비명이었다

  누군가 간혹 어깨를 다독여주었지만
  링거병을 벚꽃나무에 걸고
  봄밤을 본다

  최대출력을 넘으면 찢어지는 스피커 볼륨 / 희망을
논하는 자를 믿지 마라 / 잠언은 은사시나무 잎의 그림
자처럼 반짝거렸다 / 블랙맘바는 아프리카에서 가장 기
이하게 진화한 독사 / 종교의 타락은 세기말의 징후다 /
나는 바뀐 꿈들로 비만해졌다

  의사 몰래 담배를 피운다
  찢어지게 살자고
  벚꽃 핀다

  외계인이 없었다면 인간은 더욱 쓸쓸해졌을 것이다 /
고대 철학자들은 진리를 인식할 수 있는 유일한 힘이

이성이라 했다 / 체득은 나의 정신이다 / 화투에 때가
묻어 있다

봄밤을 발음하는 느낌
―보름달 냄새 가득한 시간 2

고인돌 아래 / 그 습한 흙 속으로 손바닥을 넣어보았
다 / 이끼 가득한 언어들이 쏟아졌다 / 파란 하늘을 이
야기하던 숨결이 묻어 나왔다 / 존재는 사라지지만 법
(法)은 남는다

터뜨리지 않은 폭죽을 휴지통에 넣었다

유기된 사체는 / 늦봄에 / 벚꽃처럼 부풀어 오른다 /
모든 방사선 치료실의 복도는 / 직진성이 강한 방사선
의 유출을 막기 위해 / '르'자 복도를 갖춰야 한다 / 미
국 캘리포니아의 호두 회사에서는 / 17년 만에 파업을
중단한 노동자들이 집으로 돌아갔다

약봉지와 옛날에 받았던 러브레터들
늙은 여가수의 노래는
늦봄에
봉분처럼 푸르러졌다

진실은 장화와 홍련이 강물에 투신자살한 것 / 원귀가

되어 원수를 갚지 못한 것 / 나무는 꽃을 버려야 열매를 맺고 강물은 강을 버려야 바다에 도달할 수 있다[**] / 맹인의 몸은 우주와 소통한다 / 탱고는 평생 단 한 명의 파트너와 춤을 춘다 / 그렇게 믿고 싶었다 / 밥 한 상 잘 차려 먹었습니다 / 육체 없이 존재할 수 없는 것들 / 가로수 그늘 아래 염소 울음소리 / 그녀는 자꾸 달을 앓는다

봄 햇살 비치자 사체 위에 앉은 동충하초
각피를 깨고 뼈 사이로 틈을 벌려
뿌리 내린다

레코드판 위로 붉은 피가 떨어졌다 / 불온한 예감이라 말하고 싶었지만 / 원판 위로 바늘이 지나갈 때마다 / 노을이 휘발되는 냄새가 피어올랐다

각피를 뚫고 포자들은 꽃을 가느다랗게 올린다
정신이 육체 밖으로 피어난다

---

[*] 부파(부처의 제자)의 말.
[**] 화엄경의 한 구절.

바다를 생각하는 밤
— 보름달 냄새 가득한 시간 3

폐가의 라일락 향기는 그 마을 어귀에까지 풍길 만큼
깊고 내밀했다 / 늦은 밤 적막 속에서 돌아보면 / 나는
에고가 강한 사람 / 그러나 자신의 성기를 핥지 못하는
한계를 가졌다 / 뜻을 굽히지 않겠다는 이자겸의 의지
가 굴비의 유래다

안부를 물었다
실수로 중력이 내 몸을 놓쳤는지
소식이 하얗다

나뭇가지는 안에서 밖으로 동심원을 그리며 성장한다
/ 폭풍 속의 번갯불 / 과학자 뉴턴은 황금과 파운드를
연동하는 금 본위제 화폐제도를 만들었다 / 나는 가슴
이 예쁜 여자에게 엉덩이를 만져도 되겠냐고 물었다 /
사장은 사원들의 노고를 치하했다 / 오래된 라디오에서
'구구' 비둘기 소리가 나는 것

잠 속이라는 것을 알면서도 나는 계단을 올랐다

검은 비닐봉투가 한 손에 들려 있었는데
걸을 때마다 맥주병 부딪치는 소리가 들렸다

예술은 목적을 가지고 있다 / 태초의 바다 / 감각은
주관적이다 / 혹은 여자의 탄성 / 카미유 클로델*의 영
화를 보는 동안 / 겨울 양식이 다 떨어졌다 / 내일은 비
가 오겠어 / 코알라는 유카리 나뭇잎만 먹는데 / 그 독
성을 해독하기 위해 20시간 이상을 잔다 / 화물용 엘리
베이터는 정전 중에도 작동한다 / 저승의 어원은 대명
사 '저'와 삶을 뜻하는 '생'의 결합

채석장,
혹은 앓는 체위만큼 문을 만든다
혹은 마음을 파고 나간
혹은 관(棺)으로 남은

• 프랑스의 조각가, 로댕의 연인. 혹은 버림받은 천재 예술가. 19세기 여성 조
각가를 인정하지 않던 풍토에서 부모님에 의해 강제로 정신병원에 갇힘. 그
녀는 30년 동안 눈을 감을 때까지 바깥세상을 보지 못함.

서로에게 물을 끓여주던 방
―보름달 냄새 가득한 시간 4

검은 황소가 저녁 바다를 향해 울부짖는다

곧 적막으로 물들 것이다 / 빛은 전후좌우가 없다 /
계단에 쓰러져 있는 머리카락이 긴 여자 / 혼자 타들어
간 저녁 / 오래전부터 한 남자는 그 옆을 떠나지 못하고
있다 / 이번 생(生)은 아득한 무덤 속이다

어떤 정치구호는 종교적이었으나
오지 않을 것 같던 겨울이 오고
몇은 취직을 하고
옛 애인에게 전화를 했던가

그림자 속의 나를 꺼내 햇빛에 말린다 / 우울 속의 나
를 꺼내 햇빛에 말린다 / 전기 포트에서 물이 끓는다 /
어항 속의 붉은 금붕어들에게 저문 하늘의 골목길을 보
여주고 싶었다

수화기 밖으로 함박눈이 쏟아져 내렸다
지평선 위의 달이 더 커 보인다

발바닥이 뜨겁다

아프리카 누아디부 항구로 가는 기차는 세계에서 가
장 느리고 무겁다 / 노란 국화 한 송이가 바람에 한들거
렸다 / 백미러로 보이는 여자의 귀걸이가 흔들렸다 / 경
기회복 기대로 국제 유가는 사상 최대폭의 상승을 기록

바바리코트를 좋아했던가
용서를 갈구하며
뒹구는 눈송이들의 몸짓,
늘 필요 이상의 겸손과 질책을 요구한다

경계를 지우며 물안개가 피어올랐다 / 내가 절망감에
시달렸던 까닭이다 / 무수한 강물을 타고 흘러가는 / 저
영혼들 / 용납하옵소서 / 해발 8천 미터 위로는 가본 자
들만이 아는 길이 있다 한다 / 원근법은 현대 사진 조작
의 진위 여부를 판단하는 기준이 되었다

눈이 내린 아침 풍경 자동차 시동 꺼지는 소리

눈 내리는 밤의 도시
—고대 이집트의 세탁법 1

모니터의 전원을 누르자 창밖으로 눈발이 내렸다 /
바둑알을 바둑판 정중앙에 놓지 않는다 / 그곳을 우주
의 중심이라고 생각했기 때문이다 / 영혼은 육체와 분
리할 수 없다는 일원론의 오류를 향해 / 피복이 벗겨진
전선으로 바람이 섞여든다

문자가 자꾸 시선 밖으로 달아나려 한다
초고에서 오자를 바로 세우자
63빌딩을 중심으로
지하철과 버스들이 빠르게 지나간다

고대 이집트의 태양 숭배 사상으로 말하자면 / 히드
라는 인간의 머리를 닮았는데 / 한가운데에 있는 욕망
은 영원불멸이라고 한다 / 가난은 이상하게 희망을 품
게 한다 / 스타벅스의 화단에 대나무 몇 그루가 흔들리
고 있다 / 단단한 알이다 / 선비 정신의 한 부분이 거기
서 빛나고 있었다 / 깨어지지 않을 알이다 / 그러니 내
식탁 위의 밥 한 종지가 뜨거워지지 않았겠느냐

지상으로 접지(接地)하지 못한 눈발들
밀린 문자들
앞의 문장에게
어서 가라고 경적을 울린다

육체는 일종의 무의식이다 / 그녀는 감전 당하기 쉬
운 인체를 가지고 있다 / 아리스토텔레스는 '개체야말
로 진정한 실체다'라고 말했다 / 그녀는 동료들에게 젖
은 손을 보이지 않으려 했다 / 비정규직은 노동의 결과
물을 갖지 못한다

가끔 사이펜을 유리창으로 가져가
백화점은 '아' 자로
아파트는 '오' 자로 바꾸며
도시를 퇴고(推敲)하고 싶은 충동에 시달린다

퇴고하고 싶은 도시
― 고대 이집트의 세탁법 2

백학(白鶴)은 악보를 따라 이동한다 / 그런 날이면 / 다리가 퉁퉁 부었다 / 미국 투손 사막에는 전투기의 무덤이 있다 / 우주의 원형적인 질서를 깨지 않고 / 대칭적으로 하늘로 이동하는 눈송이들 / 쇠고기 1kg을 생산하는 데 석유 2L가 소비된다 / 강의 하류가 하지정맥처럼 / 푸르게 돋아난다 / 지구에서 생산되는 곡물의 60%는 가축 사료로 쓰인다

자판을 두드리는 소리가 의자 밑으로 굴러다닌다
야근을 처음 하는 것도 아닌데
그녀의 입술은 탈수에 비틀린 옷가지처럼 보풀이 인다

가로등은 눈동자로 달아둘 것 / 눈을 지우고 귀를 지우고 덩어리로 이해할 것 / 소화되지 않는 해와 달은 오히려 피상적이다 / 눈 내리는 풍경 / 예를 들면 피안(彼岸)의 내장 기관 / 차안(此岸)이 꿈틀거리며 그녀를 밀어내고 있다

＞

원고를 얼마나 헹구어내야
지상은 백지가 될 수 있을까

　지운 스님은 '개체란 실체는 존재하지 않는다'라고 대
답했다 / 아버지의 유언에 따라 그녀는 머리에 새의 문
신을 새길 것이다 / 이 도시에 다시 플러그로 꽂혀질 때
를 생각하며 / 자동차 키를 돌리자 / 그녀의 눈 속으로
제설차가 지나간다 / 마음을 텅 비운다라는 말은 미국
인에게 미쳤다라는 말이기도 하다

어떤 생명체에게 숨을 불어 넣어야
태초의 언어가 완역되어질까
멀리 그녀의 머리키락이
눈발 사이에서 휘날리고 있다

새를 위한 삼단 논법 1

생각은 후미를 노린다 / 지금은 없는 무게들 / 편형동
물은 자웅동체여서 성기를 스스로 만든다 / 그녀의 웃
음은 강남(江南)콩을 닮았다

방금 전과 방금 후의 사이가 텅 비어 있다 / 깨진 유
리창에 가로수가 비친다 / 성별의 결정은 성기를 먼저
집어넣는 쪽이 수컷이 된다 / 고소공포증은 유전이 아
니다

정원의 새가
나뭇가지를 잡으려고 발톱을 세우려던 순간

현재를 추억할 수는 없다 / 별들로부터 지구가 멀어
진다는 사실에 매일 밤 외로웠다 / 고양이가 포즈를 취
하며 거울을 보고 있다 / 거기에 있었다는 것이다

나뭇가지가 새의 발톱을 잡으려고 허용하려던 순간

>

　그녀는 원근법으로 실루엣을 더듬어간다 / 지금은 없는 손톱에 가로수 그림자의 우듬지가 목에 걸린다 / 담배 연기 가득 / 텅 빈 휴지(休止) / 그녀는 조용히 걸어가 지금은 없는 / 가스불에 주전자를 올린다

　서로에게 작게 떨리면서
　눈길을 주고 있었는지도 모른다

새를 위한 삼단 논법 2

거울 속에서 달이 뜬다 / 기표가 희미해진 좌회전금
지 표지판 / 텅 빈 꽃병 속에 지금은 없는 저녁이 꽂힌
다 / 빙점이 들끓는다 / 누가 하늘로 돛단배를 띄우나
보다

해온(海溫)이
발가락 끝까지 전해져오는 물안개

가을이다…… 빠르게 목울대가 뜨거워졌다 / 비가 내
리는 동안 / 짐승의 신음 소리 끊이지 않고 들려왔다 /
목련나무 아래였다

숨결 따라, 피어오르는,
오래도록, 적멸한, 세월,
젖은, 마음을, 물빛이라, 불렀다, 한다,

그녀는 화장지로 립스틱을 지운다 / 텅 빈 숟가락 옆
에 텅 빈 밥그릇들이 그녀의 눈빛을 담아낸다 / 가스불

은 주전자를 끓이고 / 물을 끓이고 뜨거워진 자신을 끓
인다

   내려간다, 날개를 접고, 쉴 수 있는 곳으로,
   그, 첫, 구절은, 이렇게, 시작한다,

   어디에서 향을 피우는지 / 온몸이 붉어진 그녀는 하
얀 옷을 벗는다 / 그녀는 수도꼭지를 비튼다 / 쏟아지는
물소리에 지금은 / 없는 방이 배수구로 빨려 들어간다 /
텅 빈 그녀가 빨려 들어간다 / 후드득 동백꽃이 핀다

   니인지, 그녀인지 사는 동안 내내
   기억은
   전후(前後)를 분간할 수 없다

펭귄의 전통 요리법 1

칩거에 필요한 것은 고요다 / 어느 산골짜기에선 나
무에서 사과가 떨어졌으리 / 외부로부터 들어오는 소음
은 반죽으로 처리하자 / 펭귄은 극지방에 사는 동물이
다 / 빈곤함 그 자체로 / 적막한 당신의 내부라고 생각
할 것 / 정신 속을 맹인이 걸어간다

길에 튤립이 노랗다
튤립 속의 퓨즈
열을 발산하며 떠오른다

지하방이나 옥탑방을 전전하던 벽은 / 단순한 요리
재료를 넘어 / 소금 역할을 한다 / 성장통이었다 / 등베
개에 비스듬히 누워 / 이곳의 기후는 바다를 연상하기
에 적합하다 / 시큰하던 세상 사람들의 살비듬 내 풍겨
왔다 / 오븐의 온도 조절이 끝났다 / 이 요리의 과정에
서 약간의 이스트가 필요한 대목이다

누워 잠든 퓨즈가 햇빛을 엮는 동안

나는 봄을 몸 안에 넣고 다닌다

어디서 무엇 때문에 가져왔는지 모를 / 수석 하나 / 덩
그러니 / 모니터 앞에 놓여져 / 도시가스 단절 / 최후 통
보 고지서는 / 원형을 잃은 지 오래다 / 계란 몇 개를 넣
어 / 이제 빙글빙글 휘핑을 하면 / 반죽은 완성된다

퓨즈가 잎을 돌돌 마는 동안
길목마다 하얀 악성 코드가
봄비 속을 흘러 다닌다

죽을 때까지 몸은 우주와 소통한다

펭귄의 전통 요리법 2

아차, 빙산을 잊었군 / 거울 앞에서 머리를 말리다 /
빗에 낀 머리카락 몇 / 두려움을 이겨내는 방법 / 간혹 기
다림 쪽으로 밀어두자 / 초침 소리를 잊기 위해 / 달팽
이관을 귀이개로 찔렀다 / 쉬이 세상 소리 잊지 못했다

마음을 돌리면 참치 통조림의 바코드에서
창에 꽂힌 짐승의 울음소리가 들려왔다

라디오 안테나를 내밀하게 가슴에 꽂고 / 사각 펜에
유산지를 깔자 / 우주의 고요가 쏟아진다 / 언제 몸 밖
으로 빠져나갔는지 모를 / 체흔(體痕)들 / 창으로 들려
오는 바람 소리들 / 요리하는 동안 / 남해에선 벚꽃이
피었으리

튤립 속의 퓨즈는 부풀어 오른다
고요는 다시 고요를 단호하게 핥는다
하루 종일 봄밤의 브라운관이 뜨거웠겠다

>

펭귄은 무릎이 없어 세상과 타협할 수 없다 / 하현달을 밀면 반월판이 열렸다 / 대지가 비틀거리며 문을 열고 혈액이 빠져나갔다 / 주어가 뒤바뀐 게 한두 번이 아니잖습니까 / 정신은 빙산처럼 거대한 가분수 / 펭귄은 극지방으로 떠날 것이다

봄밤을 연결하는 전열체에
과부하가 걸렸을지도……

펭귄은 실제 동물이 아니라 / 유일한 대화 상대라고 생각할 수 있다면 / 자, 이제 당신은 준비가 된 겁니다 / 전봉 요니의 비법은 정신에 관한 것

달 쪽을 향해
리모콘의 전원을 눌러본다
튤립 속의 퓨즈

달콤 쌉싸름한 초콜릿* 1

나뭇가지에 목을 걸고 / 봄을 걸고 / 물방울 속으로
가고 싶어 / 햇빛 비친다

저 별까지만 뿌리가 스며들었으면 / 눈 하나 깜빡하
면 까르르 / 습관처럼 발자국은 꾸역꾸역 목젖을 앓는다

홀린 게 분명해 / 함박눈이 한차례 내 앞을 지나간다
/ 대지에선 잘 말린 국화 냄새가 피어오른다

물방울은 분절음이다 / 말이 끊길 것 같아 / 저수지가
운다 / 혀를 달까지 밀어봐

믿고는 있니 / 검게 늘어진 송전탑의 발신음 / 내게서
멀어지는 눈발을 잡아 / 따뜻해지는 손바닥의 체온

제발 이 말만 듣고 지워줘 / 짐승들이 꽃 뒤에서 숨어
/ 내 등을 노려보고 있어 / 내 그림자를 훔쳐가고 있어

>

   달이 진다고 / 위태로울 것은 없다 / 내 것은 네 것이
고 네 것은 내 것인데 / 오늘은 기일(忌日)이야

• 라우라 에스키벨의 소설책 제목.

달콤 쌉싸름한 초콜릿 2

가슴의 반짝임을 전하고 싶어 / 달려가는 자동차 불빛 때문이었다고 / 중얼거리고 싶어 / 사람의 입술은 무덤의 입구

먼 데서 돌아온 친구의 입으로 / 이해해줘 / 저기, 저 달빛 아래 / 송전탑의 도시 / 말해주겠니 / 끝내 떨치지 못했던 신열들

찾아간 곳마다 잠겨 있던 자물쇠 / 내 발에 차이는 빗방울들 / 피뢰침 끝에서 하혈의 냄새가 솟구치고 있어

잘 살고 있니 / 불 꺼진 어둠 속의 환호성 / 노란 위액만 헛구역질로 새어 나오는 / 듣고는 있니 / 바람에게 상처를 보여주었다

괜찮아 / 알 수 없는 모스 부호가 떠돌고 있어 / **소녀는들판에서서두손모아기도중** / **소녀는들판에서서두손모아기도중** / 군인들은 오늘도 지뢰를 수색 중이고

>

내 몸을 빠져나가 나를 흔들어대던 / 안테나의 수신음 / 그런 날에는 앓지도 않는데 / 물방울이 내 눈동자를 뭉치고 있어

다가올 듯 늘 빗나가던 열망들 / 그 숨결의 쓸쓸함 / 지척을 분간할 수 없어 / 듣고 있니

내 안의 강물이거나 내 밖의 강물이거나 / 가슴에 귀뚜라미가 산 지 오래야 / 내 무게에 의해 시간과 공간이 휘어지고 있어 / 찬란한 건 순간적이야

방아쇠를 당기자 / 빗방울이 뛰기 시작했다 / 라고 범인은 진술 중이고

혹은 문의 경계
—이 조각상의 이름은 벌레입니다 1

상서로운 불의 기운이 허용할 때까지 / 천상천하 유아독존(天上天下 唯我獨尊) / 나는 일가(一家)를 이루지 못했다 / 그녀는 처음으로 아이를 낳았다 / 무당은 노래했다 / 바람은 태아를 소나무에 걸어두었다 / 풍장과 관련된 풍습이다 / 일체유심론(一切唯心論) / 소 떼는 곡선으로 이동한다

더듬이로 창을 열어봐
다음엔 어둠을 두근거리게 할
녹슨 철근들로 채워질 몸통을 연상하면 되지

쪼개놓은 단감 조각들이 접시 위에 놓여 있다 / 남해 먼바다에서 장마전선이 북상 중 / 용마루는 하늘을 향한 개천(開天)의 의지 / 고대 조각가들의 집요한 욕망 중 하나는 움직임을 표현하려는 것이었다 / 정적 속에서 그것만 보려고 땀 흘렸다 / 고인 물은 수심(水心)으로 흐른다 / 수심이 깊을수록 수온은 낮고 염분은 높다

>

문틈의 경계가 흐물거려
한 소녀는 소화력 좋은 벌레에게
서서히 흡수되고 있다

매일 밤 아버지는 옥상에 올라가 배를 만들었다 / 나
는 지구에서 가장 깊다는 심해에 가보고 싶었다 / 가스
레인지의 불을 잠그지 않은 것 같아 불안하다 / 마침내
순간이다 / 원대하다는 것은 비현실적이거나 실현 불가
능하다는 말과 동의어다 / 식칼은 전쟁을 일으킨 나라
의 것이 명품이다 / 내면의 가장 밑바닥은 밀도가 크다

사긴이런 구체적인 부피와 질량을 가진
일정한 공간을 의미힌다
그러한 깨달음으로 허공의 내장을 감지할 것

목이 없는 석불

—이 조각상의 이름은 벌레입니다 2

석상의 외형을 생각하기 쉽지만 / 되도록 붓놀림을
생각해 / 비가 오지 않는 황무지 / 본능은 정신의 발자
국을 따라가야 해 / 강약을 조절하는 손가락의 율동 말
이야 / 예를 들면 목이 없는 신라 불상 같은 것

섹시함은 솔직하고 적극적으로 사는 삶에서 나온다
휴면 주식을 돌려받았다
다음 달부터 전기료가 3% 오른다

자폐아 템플 그랜딘은 현대적 도살장의 컨베이어를
설계했다 / 티베트의 승려는 저승을 고갯길이 있는 곳
이라고 말했다 / 뭉툭한 안개를 발라 / 흰 공간의 화폭
에 / 시멘트는 잘 정돈된 안면 근육이지

적막에서 식초 맛이 났다

페로몬 냄새를 따라 / 형상이 구체화되어가는 것 / 지
식은 정신이다 / 그는 거침이 없었다 / 감각은 진리를

인식하는 데 방해가 된다 / 지하주차장의 차 문을 열 때
마다 브레이크 페달 밑 어딘가에 독사 한 마리가 똬리
틀고 있을 것 같다 / 술을 끊어야겠다 / 음습한 어둠이
알을 낳지

　　우리에게는 우상이 필요하다
　　제물(祭物)은 지식이다
　　혹은 잊지 않기 위해

　　오늘의 주제는 / 공간 속에서 소화되고 있는 인간들
이 / 얼마나 무감각하게 / 살아가는지를 표현하는 것 /
어머니를 따라 시장 구경을 갔다

　　뛴다 !
　　잡아라 !
　　탕 !
　　아무도 그의 음식 솜씨를 따를 수 없다

―――――――

• 안젤리나 졸리의 인터뷰.

무용수는 태양을 향해 손을 내밀었다
—이 조각상의 이름은 벌레입니다 3

술 냄새 풍기는 철근 구조물을 따라
심장으로 흘러드는 기억들을
정중앙에 배치하여 구체화하자

그리스 조각가는 치마 주름이 움직임을 만든다고 믿
었다 / 다프네는 월계수로 변했다 / 발레복을 입은 소녀
는 태양을 바라보았다 / 신경 쓰지 마 / 혈관은 보일러
관에 맞추어 표현해야 해 / 짐승의 우상에게 / 경배하지
아니하는 자는 / 몇이든 다 죽게 하더라

방과 벌레의 위장이 중첩될수록
그때쯤, 위장 속으로 흐르다만
구불구불한 면발 사이

유학자들에게는 존두(尊頭) 사상이 있었다 / 겨냥하
는 총구 / 내 조카는 아버지의 아버지를 유난히 좋아했
다 / 겨냥되어 있는 가늠쇠 / 여동생은 리조트에 놀러
갔다

>

　　수면제 몇 알, 정신의 원기가 빠질수록
　　벌레 한 마리가 꿈틀거리고 있다는 것을

　　총알은 책 한 권을 뚫지 못한다 / 자동연상법으로 소
설을 쓰기 시작했다 / 골고루 먹어라 / 함께 갑시다 / 비
가 오는구나 / 지난 감정은 모두 잊자 / 책은 안방에 있
습니다

　　혼몽한 의식 속으로,
　　먹이인 혹은 당신들이 흡수되어가고 있다는 증거
　　벌레의 내장 속에서
　　꿈틀서리는 지구 한 마리

• 요한 계시록 13장.

매미 울음이 붉어질 때까지
—연애를 위한 처세술 1

소방차가 달려간다 / 선비들은 매화를 한쪽 방향으로만 쳤다 / 늑대의 아래턱 근육은 뜨끈한 내장을 뜯기 위해 발달된 것이다 / 타협하지 않겠다는 편향이 정신의 길을 만들어간다 / 앙상한 청천벽력 / 식욕은 상상만으로도 늑대의 어금니를 보이게 한다 / 마음 심(心) 자는 말의 다리가 네 개인 것을 형상화했을 것이다 / 의지의 암향˙이 붉다 / 경찰차가 달려간다

매미 울음이
온 들녘을 쩍쩍 가물게 한다
숨통을 확, 확 불사르며 뻗는다

마다가스카르의 바오밥나무는 / 거북이 등껍질 같은 표피를 갖기 위해 천년이 걸리지만 / 숯으로 변하는 데 하루가 채 걸리지 않는다 / 불립문자(不立文字)를 사용하는 아프리카 원주민의 발자국을 따라 강을 건넌다 / 안과 밖이 우주의 그릇을 만든다 / 푸른 피가 묻어 있다 / 나는 아직 위장 속의 말〔言〕을 다 꺼내놓지 못했다

〉

사냥꾼에게 맞은 독화살을
인디언들은 외로움이라고 정의한다

구르고 싶자 차이는 돌의 낙법(落法) / 잠시 듣다만
빗소리 / 폐가의 사기그릇에서 매미 울음이 빛난다 / 역
설적으로 믿음〔信〕의 어원은 사람의 말이다 / 혹은 눈
내리는 소리 / 말〔言〕과 말〔馬〕은 허공을 달리지 않는다
/ 적막을 배경으로 흰 눈이 내리는지 / 설원을 배경으로
검은 눈이 내리는지 / 정규방송이 끝난 TV 브라운관 /
기표와 기의의 뿌리를 알 수 없다

키스는
죽음처럼 외래어(外來語)다

• 암향(暗香): 흔히 매화 향기를 지칭한다.

은행나무를 중심으로 발생한 사건
―연애를 위한 처세술 2

가속 페달을 밟는다 / 하얀 눈이 내렸다 / 욕조의 기
원을 나는 무덤이라고 정의한다 / 지평선 이쪽과 저쪽
어느 곳으로도 / 유입되지 못하는 환청들 / 태초에 말이
있었다 / 은행나무 주위로 온통 하얀 눈이 쌓인다 / 말
〔言〕과 말〔馬〕은 서로를 식별하기 위해 보호색을 띤다

밀물과 썰물의 간극이
입을 벌려 섬을 만든다
혀 있던 자리의 축축함

심해의 아귀는 자갈 속에 몸을 숨긴다 / 바탕색이 무
엇인지 알려면 말〔言〕과 말〔馬〕의 면적을 확인하면 된
다 / 의사는 내 심장에 청진기를 대고 / 담배 냄새 가득
한 동공을 위해 / 왼손에 토마토 한 그루를 심으라 한다 /
자동변속장치를 확인한다 / 하늘과 땅 사이 / 페달을 밟
는다

낮과 밤의

접점에 점 하나를 콕 찍는다
입을 벌려 천공(天空)을 만든다

　　집과 집의 연결을 중국인들은 우주(宇宙)라는 의미로
이해했다 / 사마귀가 기왓장 위를 뛰어간다 / 길은 모래
사장에 묻힌 조개껍질 속으로 들어간다 / 긴 휘파람 소
리 속으로 걸어가 / 빈 속을 텅텅 두드려본다 / 적막이
고래 창자처럼 축축해진다 / 온통, 눈이 내린, 들판, 한
가운데 / 칼 한 자루가 우물 옆에 놓여져 있다

삼월의 바다
칭자까지 끌며 지나간
게의 발자국이 희미해지고 있다

붉은 폐가 혹은 풍문
— 연애를 위한 처세술 3

태양은 붉은 폐가 / 수배 중인 친구의 전화를 받는다 / 노란 냉장고가 집 안으로 들어왔다 / 흰 구름을 향해 시침을 돌려 시계를 맞춘다 / 자장면을 먹자 비가 온다 / 중국의 한 남자는 10cm 길이의 칼을 머릿속에 품고 생존했다 / 포식자를 교란하기 위해 말〔言〕과 말〔馬〕은 바코드처럼 얼룩말 무늬를 반복한다

한번, 나에게 읽히는, 돌멩이들,
살았는지, 매만져본다, 밥, 먹어본다
묘지 위로, 부풀어, 오르는

잠들려는 사이 눈 속으로 흰 새가 날아간다 / 어느 지점부터 '이곳'이라는 명명을 사용할 수 있냐고 묻자 / TV 고전극장의 죽은 여배우가 웃으며 "혼자 살죠?"라고 되묻는다 / 말〔言〕과 말〔馬〕은 서로 다른 안과 밖을 가지고 있다

당신, 눈으로, 보여지는, 나를,

소화해버리고, 변비 앓으면, 나는
지금의, 나에게, 외로움으로, 읽히는 것이다

　반도체의 단위면적당 발생하는 열은 태양 표면의 열
보다 뜨겁다 / 사진을 찍는다는 것은 / 그의 영혼을 향
해 총신을 겨눈다는 / 오래전 풍문(風聞) / 돌 위를 스
쳐가는 푸른 공기들 / 살기를 느끼자 명치에서 솟구치
는 빗방울 / 멕시코 농부들은 폭풍 속 번개를 맞은 용설
란으로 테킬라를 만들었다

만월(滿月)을, 잡아, 귀에, 대본다
하늘이, 기끼이, 있다
이것은, 내가 살아온, 내력에, 관한 것

　게는 창자가 없다 / 확신할수록 불안하다 / 한 번도
본 적 없는 고흐의 잘린 귀가 / 밤마다 '앓고 있었다' 라
는 말을 나는 꿈에서나 고백할 수 있을 것이다 / 주어가
나타나지 않으면 문장은 완성되지 않는다 / 세상의 모

든 여행용 가방은 볼펜 한 자루만 있으면 간단하게 열
린다

들판에 놓인 변기

다알리아 구근이 빨려 들어간다. 변기가 고장 났다. 변기의 구멍에 대고 펌프질을 해도 애인은 돌아오지 않는다. 온 힘을 다해 눌러도 뭉게구름이 흘러갈 뿐 아무것도 뚫리지 않는다. 애인이 두고 간 세탁소의 옷걸이를 펴서 변기 구멍을 쑤셔본다. 강물은 앞과 뒤가 없다. 소외도 언젠가 흘러갈 것임을 안다. 하루 분의 비타민 권장량을 입속에 털어 넣는다. 변기의 손잡이를 돌려 물을 내린다. 비가 오기 전에 서둘러 변기 구멍을 뚫어야겠는데 박쥐는 거꾸로 매달린 채 새끼를 낳는다. 이번엔 드릴 용액을 퍼붓고 기다린다. 어느 하류를 다알리아 구근이 막고 있는지 꽃이 피고 바람이 불고 지루한 시간이 돌 속을 흘러 다닌다. 양동이 가득 물을 펄펄 끓여 부으면 공기 몇 방울이 올라와 뚫린다고 한다. 도처가 풀잎인 계절 나는 한 번도 만져본 적 없는 비정(非情)을 손바닥에 놓고 후—, 불어본다. 푸른 아우성이 기찻길을 달려간다. 변기에 머리를 집어넣고 아, 아, 오, 오 지상을 간지럽혀본다. 변기 아래 깊고 깊은 수렁을 건너온 빗줄기 아래 나는 떠나간 애인을 변기 속에 묻는다.

골목의 이야기

따뜻한 고통이다
바람의 안을 걸어가고 있었다
소녀는 등 뒤에서 동생의 이름을 부르며 따라오고 있
었다
사건의 내부에는 만날 수 없는 두 개의 평행선이 있다

나는 내부를 밝히려고 길을 세워본다
가로등이 켜지던 순간
어스름 사이 허공의 융털이 꿈틀거렸다
바람이 깔깔하게 어두워졌다

자명(自明)한 일인데 소녀는 계속 동생의 이름을 부
른다
바람을 휘어 잃어버린 기억을 걸어가본다
붉은 벽돌 사이의 균열이 오목하게 힘을 모았다
빛나는 이성이 혼자 앉아 있었다
따뜻한 고통이다

바람을 뚫고 내부 깊숙이 들어가본다
외벽을 따라 갈라진 금들이 한순간 팔딱거리자
앞에 가던 소녀가 어둠 안으로 빨려 들어갔다
골목이 소녀를 따라 지워진다

고통의 내부는 끝이 훤히 보이도록 아무것도 없는데
누군가 계속 이름을 부르며 뛰어간다
걸어가던 골목은 거대한 십이지장의 내부
언제쯤 이 짐승의 몸통을 벗어나 밖으로 나갈 것인지를
아득히 잊고 있었다

성량(聲量)

히말라야에서 동명이인(同名異人)이 죽었다
시그널 레드는 원색에 가장 가까운 표준이 되는 빨강,
신호등 색깔로 쓰이는 데에서 유래한 이름이다

'물소'라는 글자를 적어서 누가 하늘에 풀어놓았는지
책상 위의 잉크병 속으로 봄이 오고 눈이 내렸다

가장 빠르게 나는 새는 허공을 나는 동안 모래주머니
를 비운다
종소리의 내장은 지층이다
무수한 새들이 날아가다 멈춘 허공의 흔적을 품은 화
석이다

잉크가 번지는 시간 속으로
고고학자의 손이 갈비뼈에 묻은 붉은 흙을 털어낸다
고대 페트라'의 문명은 지진에 의해 묻혔다

심해에 산다는 바다 거미는 거미줄을 치지 않는다.

술에 취한 채 욕실에 쓰러져 잠든 어느 날
환풍기가 종소리로 울려 퍼졌다
최고의 와인 숙성은 카타콤에 보관하는 것

독수리는 늑대를 사냥한 후
혀를 제일 먼저 잡아 뺀다는 격언이 몽고인에게 전해
져온다
물여울을 뚫고 강안(江岸)에 도달하는 소리를
울음이라 하지 않고 득음이라 한다

종소리는 쇠로 자신의 이름을 허공에 새기는 일이다

훈습을 부검하는 방식

초혼은
망자의 이름을 불러 영혼을 불러오는 의식이다
의사는 내 심장이 나이테를 닮았다 한다
(외로움은 자신의 생채기로 굳은 소금이다)

뿌리를 보면
나무가 뻗어나간 나뭇가지의 길이를 측정할 수 있다
한다
나무뿌리로 의자를 만드는 장인의 이야기다
(의지의 형상화라고 말하고 싶은 그의 의자를 볼 때
마다 뇌의 단층 촬영이 떠오르곤 했다)

손금을 보면
풍산(風山)은 바람이 오목하게 깎아놓은 구멍에서 유
래한다
그 깊이와 넓이를 한 번도 재어본 적이 없다 한다
자신의 이름을 호명하지 말라는 경고문에는
구멍 안을 떠돌다 온 메아리가 자신의 기억을 데려간

다고

　(항아리에 흠이 없기로 유명한 노인이 들려준 이야
기다)

　눈을 보면
　어부들이 바다의 깊이를 측정하는 방법은 기표적이다
　그물에서 건져 올린 물고기의 눈동자에
　빛이 많을수록 심해어에 가깝다 한다
　(어디에서나 마주치는 사람에 관한 이야기다)

　등대가 어둠의 끝을 더듬어본 적 없듯
　검시관(檢屍官)은 산다는 깃이 연필을 닮았다 한다
　살아 있는 육체는 하늘에 문자를 새겨 넣는디
　(잉어를 잡는 가장 오래된 방법은 흐르는 물속에 망
테를 넣어두고 잉어가 들어올 때까지 기다리는 것이라
한다)

• 훈습(薰習): 향이 그 냄새를 옷에 배게 한다는 뜻으로, 우리의 행동이 사라지
　지 않고 반드시 어떤 인상(印象)이나 힘을 마음속에 남긴다는 불교용어.

악!

고대인들은 놀라움이나 두려운 마음을 표현할 때
새의 우는 모습을 관찰했다
그 내면에 관한 기록이 비명(悲鳴)에 남아 있다

꼬리가 긴 새를 조(鳥)라 하고 꼬리가 짧은 새를 추
(隹)라 한다

음식물 쓰레기를 버리려고 현관문을 열자
어둠 속에 웅크리고 있던
검은 개 한 마리가 불쑥 집 안으로 뛰어들어왔을 때
악! 하며 아내의 몸을 빠져나간 외마디

마지막 숨이 끊어질 때의 고통을 단말마(斷末摩)라
한다

시인들은 자신의 품에서 이 악!과 자주 마주치곤 했
다는데
군대에서, 엘리베이터 안에서, 거리에서

어둠 속으로 한번 날아간 새는 눈동자를 되돌려
자신의 둥지를 돌아보지 않더란다

입은 목숨과 연관된 최초의 내장기관이다

제대로 살아보지 못한 채 비명(非命)에 간 새를
나는 안쓰럽게 지켜본 일이 없다
내 안의 마음이 그들을 따라 날아가본 적이 없다는 말
인데
그날 이후 검은 개에게 나는 아내를 빼앗겼다

    그날 이전의 아내와 그날 이후의 아내를 나는 악!이
라는 새로 구분한다

월인천강지곡 식으로 말하기

보아뱀의 길고 묵직한 몸이 산을 넘어간다
넘어가는 움직임이 게으른,
거대한 산을 조금씩 밀어내며 움직인다

(섬진강 안에서 노인이 조용히 책장을 넘긴다)

장마철 강의 전체를 내려다보면 그 머리가
태평양 한가운데 있어 꿀꺽,
상어를 삼켜 역류하는 강의 길고 느린 몸짓이
가을날 눈부신 모습으로 허물 벗는다

(미열이 넘기는 책장의 시간 위에 눈발이 친다)

천 개의 강에서 달빛으로 반짝이던 것들 문득
멈추어 선다 보아뱀과 강과 존재가
마치 눈 내리는 하늘 저편을 향해 날아가는 것 같다

(하늘 깊숙하게 꽂혀 있던 글자들이 쏟아질 듯 가까

운……)

　　좌우대칭으로 질그릇을 만들기 위해서는

　　제일 먼저 흙을 풀어 앙금을 만드는데,

　　침전된 쓸쓸함의 길이를 월인천강지곡 식으로 말하

자면

　　치마가 바위를 쓸어 모래가 될 때까지를 일 겁이라

한다

　　(궁극적으로 나는 죽음 안에서 살았다)

　　책장이 바람에 펄럭일 때마다 노인은

　　천 개의 강을 향해 더 깊게 제 몸을 비비는 것이다

　　(우주로 가는 첫발자국처럼……)

꼬리 잘린 꼬리

벽에 붙어 있는 달력 한 장은 밀림이다.

네모난 방을 넘으며 도마뱀이 꼬리를 자른다. 자정 무렵 하나의 담을 기어오르기 위해 도마뱀은 혀를 말아 올린다. 나는 벽을 넘어오는 도마뱀의 혀를 쿡— 압핀으로 찍어놓는다. 이브가 훔친 선악과는 시간이 아니었을까를 생각하며 나는 오늘의 방 안에서 뒹군다. 도마뱀들이 빠르게 네모난 방의 공기알들을 훔쳐 사방으로 달아난다. 쫓으려 하면 더 잽싸게 태양의 열매를 품고 달아난다. 한쪽 벽면에 쿡— 찍어놓은 혀가 등 뒤에서 발버둥 친다. 나는 귀찮아져서 도마뱀의 꼬리에 순간접착제를 발라버린다. 네모난 기억의 방에서 밀린 도마뱀들이 우글거린다. 제곱수로 늘어난 고개를 자꾸 지금의 방으로 내밀려 한다. 나는 거대한 압핀을 자정의 방 한가운데 박고 위로 올라간다. 압핀을 잡고 도마뱀들이 나를 거쳐 가려고 쫓아온다. 꼭짓점에 가까워질수록 도마뱀의 숫자가 늘어난다. 잡힐 듯 잡히지 않는다. 도마뱀들이 압핀의 정상에 도달하기 전 나는 꼭짓점을 먹어버린다. 도마뱀들이 머리를 두리번거린다. 나는 의기양

양하게 말한다. 꼬리가 잘린 말들이 분절된다.
　내 몸은 거대한 시간의 문이다.

〈그랬습니까?〉, 〈고슴도치입니다〉

이름 명(名) 자는 저녁〔夕〕과 입〔口〕이 만나서 만들어
졌다고 합니다.

가령 〈여보세요〉에서 당신을 만난다고 합시다. 〈굿바
이〉에서 헤어진 내가 당신에게 대화를 시도한다면, 한
없이 가라앉은 마음으로 당신에게 도달하기 위해 〈오늘
은 필통 속의 바닥에 먼지로 누워 있었다.〉라는 문장 속
의 필통은 지구가 되겠지요. 먼지가 되어 내려앉기까지
백만 년을 오늘처럼 떠돌았겠지요. 〈여보세요〉에 〈굿바
이〉가 내려앉기까지 걸린 시간입니다만,

저녁에 사람을 만나면 친절하게 자신의 이름을 먼저
말했다고 합니다. 명(名) 자에 전해져오는 풍습입니다.

가령 〈여보세요〉에서 〈굿바이〉까지 가는 마음을 생각
해봅시다. 〈여보세요〉에서 기차를 타고 창밖으로 사이
프러스 나무가 솟아난 숲을 지나갈 때, 흰 구름들이 헐
떡이는 들짐승의 심장 소리를 낼 겁니다. 〈굿바이〉에 무
리 지어 있을 애상(愛喪)은 초원을 향해 달려가거나 시

베리아 벌판의 눈 내린 풍경을 배회하겠죠. 다만, "안녕
하십니까! 이 말은 우리 민족의 말입니다!"•

저녁〔夕〕과 입〔口〕이 만나는 일은 우주를 향해 내면
을 드러내는 일입니다. 원시적으로 언덕에 박힌 초승달
로 이해해도 좋겠습니다만, 초승달을 여우 한 마리라고
생각해도 좋습니다.

딱하군요. 아직도 〈여보세요〉에서 헤매는 당신을 보
면 〈굿바이〉를 선물하고 싶어요. 이제 바꾸어보세요. 〈행
복하죠〉, 〈굿바이〉 혹은 〈……〉, 〈굿바이〉 그래도 변함
이 없다면 〈그랬습니까?〉, 〈고슴도치입니다〉로 바꾸어
보는 것도 좋은 일이지요.

이제는 내가 앓고 있는 〈여보세요〉, 〈굿바이〉에 대해 당
신도 조금 느낄 수 있니요. 이 두 짐승의 어금니를……

• 윤후명의 「하얀 배」에서 인용.

생각하고 있는 곰

낚싯대를 물고 간 물고기를 곰이라고 하자
심해의 색은 짙게 검푸른 동굴,
눈동자를 마주치는 것만으로도 겁을 먹을 테니
파도에 거친 울음을 실어 보내는 곰의 포효.

곰은
바다에서 어떻게 상처를 발라낼 것인지
뼈마디가 드러날 때까지 입을 악물고
썩어가는 자신의 흉부를 묵묵부답으로 인내하는 자
라면
백수광부처럼 분명 자맥질로 사라지게 될 것인데

곰은
바닷속을 자신의 입안이라 생각하며
끊임없이 숲을 헤쳐나가
물결의 파고를 나뭇가지 밀어내듯
앞으로만 갈 것인데

〉

고개를 꺾어 자신의 등을 보지 못한 사람들
곽리자고가 노래 부를 때
곰은
당신이 품고 있는 반짝임 안에서
울음소리로 단 한 번에
잠원(暫原)의 모든 기억을 깨울 것인데

곰이
늘 지구의 영역을 벗어나지 못한다고
생각하지 말 것
언제까지나 바다가 살아 있는 한
입에 걸린 낚싯대를 떼어내지 못할 테니
그것을 곰이라 하자

• 잠원(暫原): 잠깐 동안 스쳐가는 인간이 가진 근원적인 감정의 총체.

갑을 시티를 달리는 말〔言〕과 말〔馬〕

오연경 · 문학평론가

"낚싯대를 물고 간 물고기를 곰이라 하자"(「생각하고 있는 곰」). 최승철의 시는 낯선 명명(命名)에 대한 권유로 시작된다. 그것은 기존 대상에 이름을 부여하는 것이 아니라 명명을 통해 새로운 대상을 산출해내는 의사(擬似)-명명이다. "낚싯대를 물고 간 물고기"는 욕망을 덥석 물었다가 입안 가득 상처만 물고 돌아온 자의 형상이다. 여기서 '입'은 욕망이 발원하는 결핍의 공간이고 '낚싯대'는 욕망의 충족 대신 그 공간을 채우고 있는 고통이다. 본래 욕망은 모든 생명의 동인(動因)이자 고통의 원인(原因)이다. 그러므로 "입에 걸린 낚싯대"는 욕망에서 고통으로 이어지는 고리, 영원히 떼어낼 수 없는 인연(因緣)의 시작이라 할 수 있다. 시인은 이 상징 형상을 '곰'이라 명명함으로써 자신의 시 세계를 구성하는 정신의 알레고리를 얻는다. 곰의 포효가 단 한 번에 "잠원(暫原)의 모든 기억"(같은 시)을 깨울 때 울음은 온 우주와 사물의 오목한 상처에 고여 있는 고통들을 공명시킨다. 최승철 시의 주체는 모든 존재하는 것들의 내부에 살고 있는 곰, 바로 '고통의 성량(聲量)'이다.

최승철의 시에서 단일한 목소리나 일관된 정념을 찾아내는 것은 쉽지 않다. 그에게 문제되는 것은 언술 주체로서의 목소리가 아니라 언술들의 결과로서의 성량이다. 목소리가 내면의 정념과 관련된다면 성량은 대상 세계와의 호흡에 의해 결정된다. 목소리에는 주인이 있지만 성량에는 주인이 없다. 성량은 공기의 흐름과 떨림이 만들어내는 물리적 크기일 뿐이다. 이 성량이 우주의 진동을 만들어낼 때 "고통보다 먼저 고통에 대한 / 기억이 떠오른다"(「다른 명명법으로 호명하자면」). 언어의 성량이 불러내는 것은 고통의 직접적 질감이 아니라 고통에 대한 '비인칭적' 기억이다. 그것은 특정 개체의 경험적 기억이 아니라 경험 이전의 근원적 감정으로서의 기억이다. "3만 개의 낱눈이 모인" "잠자리의 눈"(같은 시)처럼 비인칭적 기억에는 3만 개의 시공(時空)이 자웅동체를 이룬 고통의 겹눈들이 반짝이고 있다. "나는 경험하지 못한 세계와 만나며 존재한다"(같은 시)라는 고백에는 우주의 어두

운 심연에 감응하는 잠재적 내재성에 대한 믿음이 깔려
있다. 비인칭적 기억은 내재적이지만 비경험적이고, 잠
재적이지만 비자발적이다. 그것은 의지로 재현될 수 없
는 것, 바깥에 의해 강제되는 환기(喚起)다. 시간의 저
편, 고통의 겹눈을 가진 거대한 짐승과 눈이 마주칠 때
우주와의 간절한 소통은 시작된다. 그러므로 포효하는
곰의 성량을 "울음이라 하지 않고 득음이라 한다"(「성량
(聲量)」).

갑을 시티, 화택(火宅)의 안팎

　"낚싯대를 물고 간 물고기"가 살고 있는 곳을 '화택(火
宅)'이라 한다. 그런데 낚싯대를 물고 간 물고기는 '곰'
이므로 "심해의 색은 짙게 검푸른 동굴"(「생각하고 있는
곰」)이다. 곰은 이쪽의 숲에 살면서 저쪽의 바다를 동시
에 살아낸다. 끊임없이 숲을 헤쳐나가면서 물결의 파고
를 밀어낸다. "고개를 꺾어 자신의 등을 보지 못한 사람
들"과 달리 곰은 불타는 집에 앉아서 타오르고 있는 집
을 바라본다. 그러므로 "곰이 / 늘 지구의 영역을 벗어나
지 못한다고 / 생각하지 말 것"(같은 시). 곰은 안에서 밖
을 보고 다시 밖에서 안을 보는 자, 존재의 순환을 이해
하는 자다.

그러나 "어디선가 대지 밖 / '나'라는 USB가 끼워진다"(「나와 나 사이의 적도」)면 이곳에서 곰은 '갑' 혹은 '을'이라는 이름을 얻는다. 이름은 고유한 개체성의 징표다. "아리스토텔레스는 '개체야말로 진정한 실체다'라고 말했다"(「눈 내리는 밤의 도시」). 예컨대 갑은 쿵후를 배웠고 을은 한강대교에서 다이빙을 배우고 싶었고, 을은 김치를 먹었고 갑은 팥빙수를 좋아했다(「갑을 시티 1」). 하지만 '갑' 혹은 '을'이라는 이름은 상대적인 권력관계에 의해 채워지는 계약서의 빈자리에 불과하다. "지운 스님은 '개체란 실체는 존재하지 않는다'라고 대답했다"(「퇴고하고 싶은 도시」). 예컨대 "마른 체형이거나 배불뚝이이거나 그 곡선의 합은 동일하"고 "갑과 을은 상황에 따라 위치가 변한다"(「갑을 시티 2」). 최승철은 서로 모순되고 충돌하는 진술들을 여기저기 배치함으로써 특정 논리들에 대한 메타 논리를 작동시킨다. 그것은 안과 밖을 동시에 비리보는 제3의 시신을 가능하게 한다. 그렇나면 여기 삽을 시디에서의 취향과 개성, 소동과 변설, 설득과 소요, 충격과 분노는 다 무엇이란 말인가. "고통의 내부는 끝이 흰히 보이도록 아무것도 없는데" "언제쯤 이 김승의 몸통을 벗어나 밖으로 나갈 것인지를 / 아득히 잊고 있었"(「골목의 이야기」)던 것 아닌가. 갑이 유리창을 깨고 종전 기록을 깨고 을이 세 번이나 약속을 깨도 "깨어 있는

사람이 되라"(「갑을 시티 1」)는 가르침은 아직 실행되지
않았다. 여전히 안과 밖의 경계를 붙들고 있기 때문이다.

　눈 쌓인 아침 / 밖이 너무 밝으면 안을 제대로 볼 수가 없다
/ 돌을 두드리면 강물 소리가 들린다 / 타르르 타르르 / 공기들
이 염주알로 굴러간다 / 액체는 변화시키기 힘들다 / 곡선은
푸른색이다 / 그것을 나는 뫼비우스 띠의 원리라고 부른다 /
다만, 깨어지는 순간 깨닫는다

　수차를 돌리는 사내의 발바닥,
　내 심장의 밤하늘로 갈매기 날아간다

　눈 내리는 고요 / 안이 너무 밝으면 밖을 제대로 분간할 수
없다 / 형광등 불빛이 온 방을 떠돌아다닌다 / 흰 빛을 품은 공
기들이 서로에게 적의를 보인다 / 벌겋게 타오르는 속삭임들
/ 밖에 있는 사람들은 모두 아는데 안에 있는 사람들만이 모
른다는 화택(火宅)

　어느 바닷가에선 거북이가
　해변 깊숙이 알을
　모래에 맡겼을 것이다

자만(自慢)은 청춘의 유일한 그늘이었다고 / 상처는 고통을
품고 부화한다 / 부풀어 오르는 상처가 강의 돌을 밀어 올린다
/ 살구 냄새가 난다

—「화택(火宅)」부분

차안(此岸)의 삶에 집착하면 여기가 화택인 줄을 모른
다. 불타는 고통의 악다구니를 밖에서 바라보지 못할 때
그 고통으로부터 빠져나올 길이 없다. 한 발짝만 밖으로
나서면 저 "벌겋게 타오르는 속삭임들"이 보일 텐데, 화
택에 들어앉아 적의로 가득한 형광등 불빛으로부터 헤
어나질 못한다. "안이 너무 밝으면 밖을 제대로 분간할
수 없"기 때문이다. 그러나 또한 "밖이 너무 밝으면 안을
제대로 볼 수가 없다". 피안(彼岸)의 삶에 집착하면 절대
적 시간의 순환에 사로잡히게 된다. 시간의 흐름은 "뫼
비우스의 띠"와 같아서 시작도 끝도 방향도 없이 영원히
순환한다. 뫼비우스의 띠에는 안과 밖의 구분이 없다. 안
과 밖의 경계가 무너지는 순간 허무를 깨닫게 될 것이다.
집착하면 고통에 시달리고 초연하면 허무에 사로잡히는
것이 인간의 운명이다. 그러니 뫼비우스의 띠와 같은 우
주의 시간 속에서 보자면 모든 존재들은 중첩되고 서로
순환한다. 우주의 모든 사물들은 안이 밖이고 밖이 안인
시간의 순환 속에서 존재의 '부신(符信)'을 나누어 갖는

다. "자신의 마음과 가장 닮은 조약돌을 죽은 자의 입에 넣어주던 풍습"(「부신(符信)」)은 산 자와 죽은 자가 안과 밖의 경계를 넘어 신표를 나누는 풍습이다. 그러므로 손금 위에 조약돌을 올려놓으면 "시공(時空)이 서로의 마음을 헤아린다"(같은 시). "수차를 돌리는 사내의 발바닥"과 "내 심장의 밤하늘"과 "어느 바닷가"의 거북이는 "부풀어 오르는 상처"로 "강의 돌을 밀어 올린다". 세상 모든 존재들이 서로의 마음을 교환하는 신표는 바로 "고통을 품고 부화"하는 상처라 하겠다.

벤치타임, 시간의 전후

상처는 편심(偏心)이자 중심(中心)이다. 본래 아픈 쪽으로 마음이 기울게 되어 있고, 아픈 곳을 중심으로 몸의 균형이 재편성되기 마련이다. "한쪽으로 치우친 마음을 편심(偏心)이라 하고 / 그 중심(中心)이 한쪽으로 치우쳐 강물을 흐르게 한다"(「나와 나 사이의 적도」). 강물이 한쪽 방향으로 중심을 잡아 흐르듯 존재의 시간은 상처의 오목한 균열과 갈라진 금들을 따라 흐른다. "상처란, 결국 현재의 빗방울을 주체하지 못하는 기억"(「붓다를 만나면 붓다를 그리고 붓다」)이니, 시간의 현행을 끊임없이 '나'라는 관념으로 편중시키려는 아집의 결과가 바로 상처다. "모든 물줄기들은 / 방향을 잃지 않으려고 / 수심 가득 혼신의 힘을 / 다해" 흐른다지만, 그것들은 다만 "흐르려고 했기 때문에 흐른다"는 "우주의 운행"(「강물을 발음하다」) 속에 있을 뿐이다.

상처의 균열과 금이 부풀어 올라 향기로운 보리빵이 되기 위해서는 발효의 시간, '벤치타임'이 필요하다. "밀가루 반죽에 오렌지 몇 방울 적셔주는 시간을 벤치타임이라 한다"(「밀가루가 발효되는 시간」). 그것은 반죽이 분할되고 둥글려지면서 받은 상처를 회복시켜주고 다음 단계의 성형을 쉽게 해주기 위한 중간발효의 시간이다. 발효를 위해서는 "방금 전과 방금 후의 사이", "텅 빈 휴지(休止)"(「새를 위한 삼단 논법 1」)가 필요하다. 그것은 시간의 전후에 얽매이지 않는 순간, 우주에 떠도는 상처의 기억들이 서로 내통하는 찬란한 찰나다. "정원의 새가 / 나뭇가지를 잡으려고 발톱을 세우려던 순간" "나뭇가지가 새의 발톱을 잡으려고 허용하려던 순간" "서로에게 직게 띨리면서 / 눈길을 주고 있었는시두"(같은 시) 보를 어떤 순간이 있다. 그 고요하고 텅 빈 시간은 상처의 기억들이 은밀하고 조신스럽게 몸을 섞는 발효의 시간이다. "꺾꽂이한 버드나무 가지"에 새순이 돋는 것은 함께 꺾여온 "개미의 발자국"(「밀가루가 발효되는 시간」)이 버드나무 가지를 타고 오르기 때문이고, 반대로 "뜰 안

의 버드나무 가지"가 시들한 것은 "새의 발자국과 함께
꺾여오지 못했"(「보리빵을 만드는 오후」)기 때문이다. 꺾
이고 파인 상처에서 새살이 돋아날 때, 내가 기억하지 못
하는 "발자국의 온기"가 나의 상처를 기억하고 있음을
알겠다.

잠을 자는 동안 꿈속에서 자꾸 걷기 운동을 해요 / 건강에
해롭겠죠? / 칸트는 빵을 만들기 위해 반드시 보리수나무 그
늘 아래 부는 바람이 필요하다고 말했다 / 허공을 나는 새도
둥지가 필요하다 / 한국의 스파이가 리비아에서 붙잡혔다 / 고
등어의 비린내를 잡기 위해 소주를 부었다

빗방울,
떨어지는 곳마다 심장 판막이 울렸다
숨결을 따라
나이테가 번져갔다

아버지, 우린 왜 평생 막노동으로 생계를 이어가죠? / 재떨
이에 헤드셋을 끼운다 / 내가 불우하다고 영원을 꿈꾸지 않았
겠니? / 칸트는 밀가루가 부풀어 오르는 시간을 태양이 발효
되는 시간이라 명명했다 / 노을 속의 숲은 그 모든 둥지를 품
는다

손을 가슴에 대어보면
내 몸에서 새의 발톱이 느껴지곤 했다
중력을 깨닫는 일 그러했다

나비의 날개를 만지자 / 꽃가루가 묻어 나왔다 / 전문적으로
말하는 너는 겁쟁이야 / 칸트는 빵을 만들기 위해 시간과 공간
의 주관성은 반드시 배제해야 한다고 주장했다 / 잃어버린 고
양이를 찾습니다 / 풍수적으로 부족한 땅의 기운을 채워주는
것을 비보(裨補)라 한다

존재한다는 것은 사라지지만
외로움은 남는다
움터서 나오는 이것을
나는 새의 발톱이 전해준 기억이라 명명한다

—「숲 속의 오븐」 전문

　　이 시는 '벤치다임'이 최승철의 시직법의 원리이기도 힘
을 보여준다. 그의 시에서 가장 눈길을 끄는 것은 문장들
사이에 간이 벽처럼 세워져 있는 저 수많은 빗금(/)들
이다. 최승철은 행갈이라는 시의 장르 형식과 더불어 빗
금을 이용한 새로운 형식을 시도하고 있다. 한 편의 시
안에서 두 가지 형식을 번갈아 배치하는 연의 구성에도

어떤 의도가 있는 것처럼 보인다. 시행의 산문적 배열에 흔히 사용되는 쉼표가 리듬이나 어조 등의 호흡과 연관된다면, 최승철 시에서 빗금은 의미의 운동과 깊이 관련되어 있다. 그는 문장이나 구절을 일종의 오브제처럼 활용하여 '문장-콜라주'를 기획한다. 콜라주의 핵심은 오브제들의 질료적 차이와 충돌을 극대화하여 우연적이고 연쇄적인 파생 효과를 일으키는 데 있다. 최승철은 전혀 다른 맥락에서 발생한 문장들을 동시적으로 나열함으로써 의미의 비약과 이행, 충돌과 습합을 만들어낸다. 예컨대 위의 시를 보면 의사-인용문("칸트는 빵을 만들기 위해 반드시 보리수나무 그늘 아래 부는 바람이 필요하다고 말했다"), 잠언("허공을 나는 새도 둥지가 필요하다"), 보도문("한국의 스파이가 리비아에서 잡혔다"), 일상대화("아버지, 우린 왜 평생 막노동으로 생계를 이어가죠?"), 광고문("잃어버린 고양이를 찾습니다") 등이 맥락 없이 동시다발적으로 출현하고 있다.

이때 빗금은 병렬적으로 나열된 이질적 문장들의 의미연관을 차단하면서 연결하는 이중의 역할을 한다. 그것은 문장과 문장 사이에 "텅 빈 휴지(休止)", 벤치타임을 제공한다. 문장들은 각자의 이질성이 상호 침투하여 영향을 주고받을 수 있도록 발효의 시간을 갖는다. 영화의 잔상 효과가 순간적인 데 비해, 문장들의 잔상은 지속적으로 누적되면서 여러 겹의 두터운 의미층으로 발효된다. 더구나 최승철의 시에서 문장-오브제들은 한 편의 시뿐 아니라 여러 시편들을 넘나들면서 누적된다. 특히 이번 시집에는 연작시가 매우 많은데, 동일 모티프를 변주하는 문장들과 논리적으로 모순되는 문장들이 연작 시편들 사이를 자유롭게 넘나들면서 의미의 조합과 변전, 충돌과 확장을 꾀한다. 예컨대 위의 시에서 "나비의 날개를 만지자 / 꽃가루가 묻어 나왔다"라는 문장은 연작시 1편의 "꽃은 나비를 통해 개체를 퍼뜨린다"라는 문장으로부터 나왔고, "칸트와 오렌지는 빵 굽기에 가장 좋은 시간을 말한다"라는 1편의 문장은 2편과 3편으로 이어지면서 보완, 확장된다.

이런 식의 문장-콜라주는 미학적 형식 실험이기도 하지만, 무엇보다 어떤 깨달음에 도달하기 위한 수행 과정으로 느껴지기도 한다. '칸트'와 '오렌지'라는 모던한 조합은 결국 '보리빵'을 만들기 위한 것이다. 불교에서 '보리(菩提, Bodhi)'는 수행 결과 얻어지는 깨달음이 지혜 또는 그 지혜를 얻기 위한 수도 과정을 가리키는 말이며, 그것은 또한 칸트가 매일 사색하면서 걸었다는 거리의 이름, '보리수나무 아래(Unter den Linden)'와도 상관된다. "경험론의 한계는 감각과 지식이 일치한다고 믿는 데 있다, 라고 칸트가 말했"(「보리빵을 만드는 오후」)듯이 보리빵을 만드는 것은 경험론의 한계를 넘어 "뜰 안"에서 "뜰 밖으로" 뿌리내리려는 "정신의 자세"(같은 시)와 통한다고 볼 수 있다. "세상의 모든 빗방울을 모두 만져볼 수 없"(같은 시)지만 하나의 빗방울에서 삼천대천세계를 볼 수 있다는 것이 불교에서 말하는 깨달음의 원리다. 그러므로 맥락과 무게가 제각각인 문장들, 서로 충돌하고 교란하고 뒤트는 문장들의 행렬은 의미의 무화(無化)가 아니라 끝끝내 어떤 의미에 도달하기 위한 정신의 벤치타임이라 할 수 있다.

그러나 문장-오브제들의 복잡계를 시적으로 '비보(裨補)'해주는 것은 무엇보다도 사이사이에 끼어 있는 짧고 서정적인 연들이다. '칸트와 오렌지' 연작에서 행갈이 형식을 갖춘 짝수 연들은 일정한 연속성하에 서정적 울림을 만들어내고 있는데, 1, 2편에서 '버드나무 가지와 발자국의 관계'는 위의 시에서 '내 몸과 새의 발톱의 관계'로 변주된다. 빗방울 하나가 심장 판막을 울리고, 그 숨결이 내 몸의 나이테로 번져가는 장면은 "죽을 때까지 몸은 우주와 소통한다"(「펭귄의 전통 요리법 1」)는 명제의 실현을 간결하게 보여준다. 그러나 마침내 몸도 사라지고 "존재한다는 것"마저도 사라질 때 존재와 존재가 주고받았던 상처의 기억들, '외로움'이라는 비인칭적 기억들만 남는다. "손을 가슴에 대어보면" 느껴지는 것은 경

험의 회상이 아니라 경험 이전의 근원적인 감정이다. 어
딘지 모를 곳에서 움터 나오는 그것을, 시인은 "새의 발
톱이 전해준 기억"이라고 아름답게 명명한다.

말〔言〕과 말〔馬〕, 시의 질주

　최승철의 시는 문장들의 흐름과 떨림이 만들어내는 성
량으로 우리 몸의 진동을 조율한다. 빗금을 사이에 두고
충돌·습합하는 이질적인 문장들의 파동과 간결하고 서
정적인 행갈이로 섬세하게 떨리는 미동이 우주와 소통
하는 전파처럼 흘러나온다. 시의 전파는 언어와 사물 사
이의 훈습(薰習)으로부터 비롯된다. 훈습이란 향이 옷에
배는 것처럼 어떤 것의 성질이 다른 것으로 이행하는 것
을 말한다. 나무의 뿌리를 보고 나뭇가지의 뻗어나간 길
이를 측정하고, 손금을 보고 풍산(風山)의 운명을 점치
고, 물고기의 눈동자를 보고 수심 환경을 짐작하는 것은
모두 "훈습을 부검하는 방식"(「훈습을 부검하는 방식」)이
다. 그렇다면 언어와 사물 사이에 어떤 성질의 이행을 가
능케 하는 매질(媒質)은 다름 아닌 마음이다. "새의 우는
모습"과 외마디 "비명(悲鳴)"을 부검해보면 공통의 "내
면에 관한 기록", 즉 "악! 이라는 새"(「악!」)가 발견된다.
"시인들은 자신의 품에서 이 악!과 자주 마주치곤 했다

는데" "어둠 속으로 한번 날아간 새는" 뒤를 돌아보지 않고 질주하기 시작한다.

'연애를 위한 처세술' 연작은 외로운 단말마 '악!'으로 날아오른 시의 질주를 "말〔言〕과 말〔馬〕"에 관한 진술들로 절묘하게 풀어낸다. 최승철은 '말〔言〕'과 '말〔馬〕'이라는 우연한 동음이의어를 '言'과 '馬'라는 두 개의 기의를 지닌 다의어 '말'로 치환한다. 이로써 '말'은 '言'이라는 질서 체계와 '馬'라는 질주 본능을 동시에 지닌 어떤 것이 된다. 이 다의어 '말'이 바로 최승철 시의 전략이다. 첫째, "말〔言〕과 말〔馬〕은 서로를 식별하기 위해 보호색을 띤다"(「은행나무를 중심으로 발생한 사건」). 그것들은 서로 닮아 보이게 위장함으로써 각자의 차이를 드러낸다. 이것은 질주로서의 말을 질서화하고, 질서로서의 말을 질주화하는 전략이다. 둘째, "바탕색이 무엇인지 알려면 말〔言〕과 말〔馬〕의 면적을 확인하면 된다"(「은행나무를 중심으로 발생한 사건」). 질서로서의 말과 질주로서의 말의 우위를 결정하는 것은 문장들의 반복이다. 셋째, "포식자를 교란하기 위해 말〔言〕과 말〔馬〕은 바코드처럼 얼룩말 무늬를 반복한다"(「붉은 폐가 혹은 풍문」). 빗금과 빗금 사이에 질서로서의 말과 질주로서의 말을 번갈아 반복 배치함으로써 일관된 전언을 사냥하는 언어의 포식자를 교란한다. 넷째, "말〔言〕과 말〔馬〕은 서로 다른

144

안과 밖을 가지고 있다"(「붉은 폐가 혹은 풍문」). 가두려는 말과 달아나려는 말을 서로 충돌시킬 때 안주와 탈주의 구분, 안과 밖의 경계가 무너진다. 그리고 마지막, "말〔言〕과 말〔馬〕은 허공을 달리지 않는다"(「매미 울음이 붉어질 때까지」).

소방차가 달려간다 / 선비들은 매화를 한쪽 방향으로만 쳤다 / 늑대의 아래턱 근육은 뜨끈한 내장을 뜯기 위해 발달된 것이다 / 타협하지 않겠다는 편향이 정신의 길을 만들어간다 / 앙상한 청천벽력 / 식욕은 상상만으로도 늑대의 어금니를 보이게 한다 / 마음 심(心) 자는 말의 다리가 네 개인 것을 형상화했을 것이다 / 의지의 암향이 붉다 / 경찰차가 달려간다

매미 울음이
온 들녘을 쩍쩍 가물게 한다
숨통을 화, 화 불사르며 뻗는다

마다가스카르의 바오밥나무는 / 거북이 등껍질 같은 표피를 갖기 위해 천년이 걸리지만 / 숯으로 변하는 데 하루가 채 걸리지 않는다 / 불립문자(不立文字)를 사용하는 아프리카 원주민의 발자국을 따라 강을 건넌다 / 안과 밖이 우주의 그릇을 만든다 / 푸른 피가 묻어 있다 / 나는 아직 위장 속의 말

〔言〕을 다 꺼내놓지 못했다

　사냥꾼에게 맞은 독화살을
　인디언들은 외로움이라고 정의한다

　구르고 싶자 차이는 돌의 낙법(落法) / 잠시 듣다만 빗소리
/ 폐가의 사기그릇에서 매미 울음이 빛난다 / 역설적으로 믿
음〔信〕의 어원은 사람의 말이다 / 혹은 눈 내리는 소리 / 말
〔言〕과 말〔馬〕은 허공을 달리지 않는다 / 적막을 배경으로 흰
눈이 내리는지 / 설원을 배경으로 검은 눈이 내리는지 / 정규
방송이 끝난 TV 브라운관 / 기표와 기의의 뿌리를 알 수 없다

　키스는
　죽음처럼 외래어(外來語)다
　　　　　　　　　　　　　　　—「매미 울음이 붉어질 때까지」 전문

　"적막을 배경으로 흰 눈이 내리는지 / 설원을 배경으
로 검은 눈이 내리는지" 알 수 없는 것처럼 "기표와 기의
의 뿌리를 알 수 없"지만 그렇다고 해서 '말'이 자의성
(恣意性)의 허공을 달리는 것은 아니다. 최승철의 말은
하나의 방향성을 갖고 달린다. "마음 심(心) 자는 말의
다리가 네 개인 것을 형상화했을 것이"므로 말의 방향은

146

곧 마음의 방향이다. 그의 모든 말들은 허공을 달리는 자의적 형식이 아니라 "타협하지 않겠다는 편향"이 만든 "정신의 길"이다. 그것은 "온 들녘을 쩍쩍 가물게" 하고 "숨통을 확, 확 불사르"는 외로움의 질주다. 외로움은 "자동변속장치를 확인"하고 계속해서 "가속 페달을 밟"(「은행나무를 중심으로 발생한 사건」)으면서 소방차가 달려가듯, 경찰차가 달려가듯 달려간다. 그것은 "늑대의 아래턱 근육"처럼 집요하고 "앙상한 청천벽력"처럼 강퍅하다. 이 "의지의 암향"이 붉게 피어날 때 외로움의 짙은 향이 언어와 사물에 배어든다. '키스'가 외래어인 이유는 '죽음'처럼 마음의 향을 입은 언어이기 때문이다. "죽음 쪽의 공간은 / 존재에 의해 관찰된 적이 없"(「병실에서 바라본 풍경」)으므로, 그것은 질주하는 마음의 의지가 접촉한 언어, 저 바깥의 비인칭적 기억으로부터 도래한 언어다.

최승철이 꿈꾸는 언어는 '외래어(外來語)'다. 그것은 "위장 속의 말〔言〕"로부터 솟구치고 동시에 "우주의 ㄱ릇"으로부터 쏟아지는 문장들의 질주다. "밀린 문자들 / 앞의 문장에게 / 어서 가라고 경적을 울"(「눈 내리는 밤의 도시」)리면서 "문장 속으로 침잠해 들어"(「환과 소멸 사이를 만지다」)갈 때, 폭주하는 문장들의 소요(騷擾)는 언어도단의 적멸과 통한다. 경적을 울리며 침잠하는 문장들의 기원은 "생각하고 있는 곰", 절대적 외로움의 성량이다.

문예중앙시선 014

갑을 시티

초판 1쇄 발행 | 2012년 3월 5일

지은이 | 최승철
발행인 | 김우석
제작총괄 | 손장환
편집장 | 원미선
책임편집 | 박성근
편집 | 박민주
마케팅 | 공태훈, 신영병

디자인 | 오필민디자인
인쇄 | 영신사

발행처 | 중앙북스(주)
등록 | 2007년 2월 13일 (제2-4561호)
주소 | (100-732) 서울시 중구 순화동 2-6번지
전화 | 1588-0950
홈페이지 | www.joongangbooks.co.kr

ISBN 978-89-278-0313-3 03810